DU MÊME AUTEUR

TOUS LES DÉSESPOIRS VOUS SONT PERMIS, *roman*, Flammarion, 1973

LA DENT DE RUPTURE, *roman*, Flammarion, 1975

LES SOLEILS RAJEUNIS, *roman*, Seuil, 1977 ; Actes Sud Babel, 2005

CHANGEMENT DE CAVALIÈRE, *nouvelles*, Seuil, 1978 ; Actes Sud Babel, 2002

CLICHY SUR PACIFIQUE, *roman*, Seuil, 1979 ; Actes Sud Babel, 2001

UNE VALSE NOIRE, *roman*, Seuil, 1983

LE DAMIER DE LA REINE, *nouvelles*, Mercure de France, 1983

L'ÉTÉ PROVISOIRE, *roman*, Mercure de France, 1983

VIRGINIA WOOLF OU LA DAME SUR LE PIÉDESTAL, *essai*, Éditions des Femmes, 1984

CHARADE, *roman*, Mercure de France, 1985

BLEU INDIGO, *roman*, Grasset, 1986

LA CHAMBRE ANDALOUSE, *roman*, Grasset, 1989

ANIBAL, *roman*, Laffont, 1991 ; Pocket, 1993

LE VOYAGEUR DE NOCES, *roman*, Laffont, 1992

UNE JOURNÉE AU POINT D'OMBRE, *roman*, Laffont, 1993

LE CHAGRIN DES RESSLINGEN, *roman*, Julliard, 1994 ; Pocket, 1996

MATA-HARI, *biographie*, Belfond, 1995

LES CÉVENNES, *beau livre*, Équinoxe, 1996

ROSE DE PIERRE, *roman*, Julliard, 1996 ; Pocket, 1999

LA CORRESPONDANTE ANGLAISE, *roman*, Stock, 1998 ; Livre de poche, 1999

LE FILS-RÉCOMPENSE, *roman*, Stock, 1999 ; Livre de poche, 2000

LE LIT, *roman*, Actes Sud, 2001 ; Babel, 2002 ; Livre de Poche, 2003

CASUS BELLI, *roman*, Actes Sud, 2002 ; Babel, 2003

LA REINE NUE, *roman*, Actes Sud, 2004

UNE ENFANCE MAROCAINE, *autobiographie*, Actes Sud, 2005

L'HEURE MAGIQUE
DE LA FIANCÉE DU PICKPOCKET

Anne Bragance

L'HEURE MAGIQUE DE LA FIANCÉE DU PICKPOCKET

ROMAN

MERCVRE DE FRANCE

À mes belles, Jade et Garance,
Toutes deux filles de Provence.

Prologue

— Elle est vide, dit-elle.

C'était dit sur le ton que vous auriez, un mardi à seize heure trente, alors que vous venez de rencontrer, de reconnaître à la caisse du Monoprix la vieille cheftaine qui vous a inculqué les rudiments de l'honneur et du point de croix. Bien sûr, sous le coup de l'émotion et peut-être de la nostalgie, vous lui avez proposé de vous accompagner chez vous, vous l'avez ramenée à la maison.

Là, vous repoussez hâtivement les revues, les vêtements épars qui encombraient le canapé, et vous cherchez quoi offrir à votre invitée pour effacer cette pénible impression de désordre et de négligé si contraires aux principes enseignés. Soudain vous avez pensé à cette boîte de calissons reçue d'Aix-en-Provence il y a deux jours. Eurêka, vous croyez tenir la solution, l'absolution, et vous courez au placard, et vous revenez, tel le Roi mage portant la myrrhe, avec la grande boîte blanche en forme de bonbon. Mais las ! quand vous l'ouvrez devant cette vieille chatte qui salive déjà de sensualité gourmande, vous découvrez que vos petits saligauds, vos traîtres d'enfants sont passés sur les calissons, et c'est à cette seconde que vous dites, avec la consternation qui sied, mais sincère, sincère, je vous l'accorde : « Elle est vide. »

La ressemblance entre Irina et vous se borne à cette expression désolée d'un constat. Car elle n'a pas d'enfants pillards qui visitent ses placards, Irina, pas plus que de vieille cheftaine à dorloter. Du reste, elle ne reçoit jamais de calissons d'Aix-en-Provence pour la raison qu'elle n'y connaît personne, et nous ne sommes pas au milieu de l'après-midi d'un mardi.

C'est ce moment singulier où les atomes anémiés du jour qu'assaillent les atomes de la nuit résistent encore, et où il résulte de cette lutte une confusion qui rend tout possible : l'aventure, le viol, le rapt, l'accident. La magie aussi, surtout si vous vivez ces instants de prodigieuse mêlée dans les rues de la cité phocéenne, qu'il pleuve, et que la rituelle bataille crépusculaire soit celle d'un samedi.

Or donc, Irina vient de prononcer ces trois mots, sur le ton que j'ai dit, entre le porche de l'immeuble qu'elle vient de quitter et la chaussée qu'il va s'agir pour elle de traverser. Traverser la Canebière un samedi soir, par temps de pluie et hors des passages réglementaires.

L'expédition est d'envergure mais encore faut-il atteindre le bord du trottoir, et imaginez tout l'aisé de la chose lorsque, comme c'est le cas d'Irina ce soir, vous sortez d'un immeuble et avez à fendre perpendiculairement le double flot, descendant et remontant, d'une foule piétonne pressée d'entamer le « viquinde », excédée et désorientée par le mauvais temps, chargée de paquets et de préoccupations de toute sorte. Bref, une foule qui en a tant vu, tant supporté, qu'elle est bien décidée désormais à ne pas se laisser fendre perpendiculairement, serait-ce par une Irina Maroussian.

Ce soir, cependant, l'optimisme d'Irina est au-dessus de tout souci d'urbanisme et d'urbanité, il est à toute épreuve et, qu'à cela ne tienne, il lui servira d'étrave pour se frayer un passage jusqu'au bord du trottoir. Irina, ce soir, se sent belle, Irina sort de l'institut de beauté, Marseillais, garez-vous !

Il en est toujours ainsi, chaque dernier samedi du mois, pour Irina Maroussian. La ville n'est plus qu'un grand choc de miroirs verts, bleus, rouges, enchantés, qui l'enchantent. La pluie, quand elle est de la fête, ne la dérange guère. Au contraire, elle multiplie les surfaces réfléchissantes, les reflets, plaques de moire mouvantes du macadam, et Irina rencontre partout ses jambes longues, longues, partout le prodige de sa propre métamorphose.

Que s'est-il donc passé pour qu'en dépit de ce bel allant, malgré ces heureuses dispositions du corps et de l'esprit, elle reste là, arrêtée à mi-chemin, bousculée par la foule, stupéfaite d'avoir prononcé ces trois mots : « Elle est vide. »

À vrai dire, il ne lui a pas laissé le loisir de s'appesantir sur l'étrangeté de sa réaction. Sa main, de la poche du manteau d'Irina, est remontée, et je vous jure qu'il n'y a eu ni hâte, ni gêne, ni hésitation dans le mouvement quand, hors de la poche, la main a continué de monter, est passée sous le bras d'Irina. Et il disait :

— Alors, si elle est vide…

Tout est devenu fluide, facile, aucune résistance désormais, il la tient par le bras et il l'entraîne en homme qui semble détenir une longue pratique de la foule, toute la science nécessaire pour se mouvoir dans l'agora.

— Vous n'êtes pas assez couverte, a-t-il remarqué. Et puisque, aussi bien, elle est vide, tant pis pour moi, je vous invite. Nous allons nous mettre à l'abri.

Pareil, il lui a fait traverser la Canebière. Ils ont glissé entre des miroitements, ont sauté dans des éclaboussures scintillantes, elle sentait la longueur magnifique de ses jambes, elle voyait son visage de dernier samedi du mois dans les vitrines, rencontres fugaces au fond des carrosseries sombres, mouillées, des autos qui les frôlaient. Chaque fois éblouie.

Maintenant, ils sont assis derrière une large baie, dans le confort de fauteuils profonds, et il a commandé deux Campari, choix dont elle reste émerveillée : cet homme doit être doté d'une intuition prodigieuse pour avoir deviné que c'est là son apéritif préféré. Irina en est très troublée et tandis que, devant eux, le port hausse de plusieurs tons sa féerie lumineuse, tout devient possible, fugues et vertiges.

Il s'est penché vers elle avec cet incroyable sourire, cette incroyable évidence de toute sa présence.

— Vous étiez ma dernière cliente, murmure-t-il.

— Dommage, dit-elle. Je venais de laisser toutes mes économies à l'institut de beauté.

C'est alors qu'il a suggéré :

— Si vous m'épousiez ?

1

Et, bien sûr, elle a dit oui. Ma fille n'a jamais su dire non, toujours ce oui calamiteux lui sort de la bouche en priorité et en urgence. De la frivolité à se ruiner pour s'enjoliver le museau chaque dernier samedi du mois, des jambes longues tant que vous voudrez, mais pas un atome de jugeote dans la cervelle, mon Irina. Croyez-moi, je la connais, je suis sa mère unique et très tracassée depuis le temps déjà lointain de ses langes et de ses bouillies. Celui qui, unique, n'est pas, très chère, c'est votre vide-poches de fils. Pardonnez-moi d'être colportrice de sale nouvelle mais il faut que vous le sachiez, vous m'êtes tellement sympathique. Irina a déja accepté trois demandes en mariage et, si l'on sait compter, autant de fiancés vite épousés et aussi vite quittés. Je regrette de vous annoncer la chose en but et en blanc, sans préavis ni précaution mais le fait est là : par trois fois Irina a divorcé de ses maris, sous prétexte qu'ils « étaient devenus des cilices dont le port l'incommodait ». Ce sont ses propres mots, ma fille a du vocabulaire, de l'élégance dans la phrase, vous pensez bien que, celle-là, je ne pouvais pas l'oublier.

Pour le nombre, notez bien que je ne blâme pas, moi-même j'ai épousé six candidats à la vie conjugale, la mort m'en a pris cinq, il m'en reste un en activité. Eh oui, nous avons dans la famille cette manie de la collection qui se transmet de mère en fille. Elle, Dieu aide, c'est seulement par congédiement légal qu'elle se débarrasse des importuns et indésirables. De mon côté, je dois avoir la vocation de veuve, on n'y peut rien. Veuve mais fidèle, la preuve, regardez mon annulaire gauche, je porte toutes mes alliances et mes bagues de fiançailles, rien que de l'or vingt-quatre carats et des diamants, comme vous pouvez constater, ils étaient généreux mes pauvres chéris. Le problème, c'est qu'ils n'ont pas tenu la route. Les deux premiers étaient fragiles de santé, l'un m'est mort des poumons, l'autre du cœur. Les suivants, on pouvait les classer dans la catégorie des casse-cou, ils sont partis dans des accidents, succombés par mort violente comme on dit.

C'est drôle, à regarder ma main gauche, je pense à cette bague que votre fils vient d'offrir à mon Irina et je m'inquiète un peu. Elle est belle, très belle même, je m'y connais, ce n'est pas la question. Seulement, je me demande si votre fils l'a payée en espèces trébuchantes au bijoutier quand il l'a vue rutiler gentiment sur le velours d'un écrin, ou s'il l'a vo… Pardon, je vois à votre tête que mes doutes vous chatouillent, ils vous insultent, déjà vous installez dans vos yeux la kalachnikov, toutes les batteries du meurtre et de l'extermination. Comprenez-moi pourtant, on dit que votre garçon a des mains d'une agilité, d'une habileté époustouflantes, alors, forcément je m'interroge…

Mais laissons le sujet puisqu'il vous fâche. Tout à l'heure, je vous voyais toute réjouie à l'idée de faire alliance avec les Maroussian d'Erevan. Comment ? Vous ne connaissez pas les Maroussian d'Erevan ? Vous ne savez même pas où se trouve

Erevan ? Ce n'est pas grave, je vous montrerai sur la carte dès que j'aurai une minute. Vous n'avez pas de carte ? Il n'importe pas, j'en apporterai une la prochaine fois. Mais vous devez savoir que nous sommes une famille d'Arméniens très persécutés et très respectés pour ce qu'ils ont enduré de la turquerie. Mes parents sont arrivés à Marseille en 1915, ils y ont fait leur trou et je suis née là en 1930. Ça vous étonne, vous trouvez que je ne fais pas mon âge ? Merci, vous êtes vraiment charmante, vous me plaisez de plus en plus.

Je sais, vous êtes optimiste, mais moi, j'ai beau me raisonner, l'avenir de nos tourtereaux me turlupine, je n'en dors plus la nuit depuis que ma fille m'a annoncé ces fiançailles. Vous dites qu'il faut leur faire confiance, je veux bien, je voudrais bien vouloir tout ce que vous voulez. D'ailleurs, je ne me fais aucun souci pour mon Irina, cette fille a de la ressource. Votre garçon aux mains si lestes a dû vous dire qu'elle est dans le genre artiste. Bon, pour dire le vrai, pas vraiment, car elle n'a pas le don. Manquer du don quand on a le goût de la beauté est une malédiction, il faut s'arranger avec. Irina a trouvé le moyen quand elle a ouvert sa galerie : là, elle reçoit des peintres, des sculpteurs, elle les expose, elle les encourage, elle respire tous les jours les effluves du talent, il paraît que ça favorise son épanouissement. Comment ? Vous n'étiez pas au courant ? Vous pensez que votre fils lui-même l'ignore, qu'Irina a gardé le renseignement sous son mouchoir. Après tout, je n'en serais pas vraiment surprise, ma fille a de la pudeur, du tact, de la délicatesse, elle a sans doute voulu éviter de se mettre en avant pour ne pas impressionner son futur. N'empêche, elle a une profession, elle, elle a même pignon sur rue dans un beau quartier. On ne peut pas en dire autant de votre fils… Qu'est-ce qu'il va apporter dans ce mariage ? De l'audace ? D'accord. Mais est-ce qu'on mange, est-ce qu'on s'habille, est-ce qu'on se loge avec de l'audace ? Vous êtes d'avis qu'il est bon de faire ce pour quoi on est doué et vous affirmez que si le garçon réussit dans le vol à la tire, on n'a pas à aller contre. Je n'en crois pas mes oreilles, vous avez dû mettre une sacrée rallonge à votre amour de mère pour montrer tant d'indulgence et de complaisance. Vraiment, ça ne vous choque pas que votre fils assure sa bectance et les à-côtés du quotidien en piochant dans les poches de ses semblables ? Pas du tout ? Ah bon. Vous me laissez sans voix. J'admire l'ampleur de votre amour maternel et même je révérence devant mais je me demande comment vous avez élevé cet enfant pour qu'il soit devenu le malfaiteur… Ça y est, le mot malheureux m'a encore échappé, je vois bien que vous êtes fâchée mais je n'avais pas dans l'intention de vous offenser, je vous assure, je réfléchissais à haute voix, c'est tout. Quoi ? Vous me suggérez de tourner ma langue jusqu'à complète caramélisation du fiel avant de livrer le produit de mes réflexions ? Mille excuses et désolations, mais ce tour de force n'est pas dans mes cordes, je n'ai jamais su.

Ce qui me fait vraiment souci, c'est la suite des événements. Admettons que l'affaire se fasse — je veux dire ce mariage —, de quelle façon devrai-je présenter mon nouveau gendre à la ronde de mes proches, d'après vous ? Les prédécesseurs, ceux qui ont été envoyés au diable par la catapulte du divorce, étaient tout ce qu'il y a d'instruit et d'honorable, le premier chirurgien, le second avocat, le troisième négociant en art, du beau linge, c'est incontestable. Vous dites que beau linge ne compte pas, c'est ce qui est dessous qui importe. D'accord, d'accord, continuez à errer dans vos erreurs si ça vous chante, je ne prendrai pas la peine de discuter. Mais revenons à votre fils, s'il vous plaît. Les gens sont curieux, quand quelqu'un entre dans une famille, ils s'intéressent à l'intéressé, ils veulent connaître son statut social. Mes amis, mes voisins vont m'interroger sur le métier du garçon, ses antécédents, ça ne manquera pas, je les entends déjà. Vous me voyez leur répondre qu'il est pickpocket, le plus fameux pickpocket de la ville ? Vous haussez les épaules, vous éludez la question, c'est facile…

Vous dites ? Votre famille est marseillaise depuis cinq siècles ? Félicitations. Et le garçon est pur sucre, pur malt, pur pastis, je suis enchantée de l'apprendre mais tout cela ne fait pas une garantie suffisante. Dans ma tête, figurez-vous, on est pour les sang-mêlé, le mixage, le métissage, et quand je vous écoute, je sens que ma pensée est en train de divorcer dare-dare de la vôtre. Pour vous dire la vérité, je préférerais un Noir ou un Café-au-lait à votre petit pur-sang, pourvu qu'il ait de l'honneur et de la conduite.

Bon, nous n'allons pas nous étriper comme des harpies, ne pensez-vous pas qu'il vaudrait mieux avancer bras dessus, bras dessous sur le sentier de la concorde et débroussailler ensemble ce qui reste à débroussailler ? D'accord, d'accord, vous n'êtes pas une vilaine raciste, seulement une mère qui cherche à démontrer que son rejeton n'est pas sans avantages ni qualités. Parfait. Arrêtons de tourner autour du pot et regardons les choses en face : nous sommes là, enragées à protéger et à défendre bec et ongles la marchandise de nos entrailles, c'est la loi de l'espèce. Avec le poids de cette fatalité sur le dos, il est normal que je me préoccupe du bonheur de ma fille, non ?

2

Eh bien, justement, non. Votre fille, elle est pas née de la dernière pluie, elle est bien assez grande pour décider de son avenir sans vous. Depuis que vous êtes assise là, vous n'arrêtez pas de tirer à boulets rouges sur mon petit, vous avez même le culot de critiquer mon éducation. Est-ce que ce sont des manières pour une qui profite de l'hospitalité avec café, navettes et chichis faits maison ? Vous arrivez, vous jetez la pierre, vous montrez la paille dans mon œil mais vous oubliez la poutre qui bouche le vôtre. L'éducation d'Irina, on pourrait en causer, ce serait drôle. Vous lui avez donné le bel exemple, me semble : à trente ans à peine, elle a déjà découragé trois maris, qui dit mieux ? Vous, sans doute…

Et puis je ne supporte plus votre arrogance, cette façon de nous prendre de haut que vous avez. Il y a une heure que vous êtes là à étaler votre pedigree et vos colifichets d'or pur, cadeaux de vos chers défunts, les bagues, les alliances, bientôt vous serez obligée de vous faire ajouter une phalange artificielle si vous voulez le plier, votre doigt. Et je ne parle pas de tous ces colliers et bracelets qui vous bijoutent le cou et les bras, on croirait que vous avez versé sur vous la cassette d'un prince d'Arabie avant de venir nous visiter. J'en cause parce que je suis bonne et qu'il y a risque à venir dans le quartier du Panier décorée comme un arbre de Noël. Ici, on manque, il y a que des déshérités, des oubliés de Dieu et des services sociaux, alors forcément, quand l'occasion se présente, la tentation est grosse. Mais non, je ne dis pas que vous êtes un arbre de Noël d'occasion, je ne vous insulte pas et encore moins je cherche à vous effrayer, au contraire, je vous mets en garde, simple avertissement pour la prochaine fois. Il n'y aura peut-être pas de prochaine fois ? Ce sera comme vous voudrez, si je ne vous ai pas déjà jetée dehors, l'envie n'a pas manqué, croyez-moi. Mais je sais me tenir, moi, même si je ne suis pas une Maroussian d'Erevan.

C'est trop de vexations ? Vous vous levez ? Vous voulez partir, allez-y, la porte est ouverte, personne ici vous retiendra. Non ? Vous changez d'avis ? Vous ne partez plus ? Alors reprenez votre place, j'en ai gros sur le cœur, puisque vous restez, je vais vous vider mon sac.

Il y a un moment que je vous vois venir, vous attendez que j'apporte de l'eau à votre moulin, que j'avoue que mon fils est un bandit. Eh bien, vous pouvez vous rasseoir et rester là toute l'éternité et longtemps après, jamais vous entendrez sortir de ma bouche un mot contre mon petit.

Vous trouvez que je suis une lionne sans sincérité, une louve qui montre les crocs ? Pensez de moi ce qui vous plaira, mettez vos jugements à la queue leu leu, ça me fait ni fou ni fa. Vous vouliez une séance de débroussaillage ? Allons-y ! Mon fils est vierge ou à peu près, je le sais parce qu'il se confie, il ne me cache rien. Je rêvais pour lui d'une bonne jeunesse, bravette et tout, qui lui ferait des petits beaux comme des anges. Et qu'est-ce qu'il me décroche un soir de pluie sur la Canebière ? Votre Irina, une femme qui a roulé sa bosse tant et plus, qui change de mari aussi souvent que de petite culotte. Pas un mot, vous risquez d'aggraver, je n'invente rien, le renseignement il est sorti de votre bouche. Ou peut-être vous avez menti pour casser ces fiançailles ? Non ? C'est la vérité vraie, vous jurez sur la tête de vos cinq défunts, très bien, je vous crois.

Je vous conseille quand même de balayer devant votre porte avant de revenir ici me chercher des poux, si par hasard et fantaisie vous revenez. Vous croyez que je suis une idiote et que je gobe tous vos bla-bla sans poser questions. En voilà une justement : votre Irina, elle s'appelle Maroussian comme vous, est-ce qu'on peut savoir pourquoi ? Avec votre collection de maris, vous n'avez pas trouvé le moyen de donner un père à votre fille ? Ou peut-être que la divine enfant est née de l'Immaculée Conception à l'époque ? J'ai remarqué comme vous avez glissé tout doux sur ce mystère… Il n'y a pas de mystère. Bon, alors quoi ? Le père n'était pas un officiel, seulement un suppléant de période creuse, celui-là vous ne l'avez jamais épousé, vous m'en direz tant. Vous n'êtes pas la seule à nommer un chat un chat, vous savez, et moi, à cause de l'origine et du manque de label, j'appelle votre fille une bâtarde, que ça vous plaise ou non. Vous êtes indignée, la rage vous étouffe, tant pis, c'est la vérité qui blesse, dans cinq minutes vous serez remise.

Tenez, prenez un chichi, c'est de la calorie qui calme les humeurs et, de toute façon, grande et sèche comme vous êtes, ça peut pas vous faire de mal. Encore une goutte de café ? Non, vous êtes trop nerveuse ? C'est vous qui décidez, je ne force personne.

Donc, mon fils qui est un innocent, va épouser une femme d'expérience, cette idée donne le vire-vire à ma pauvre tête. Qui va porter le pantalon dans ce ménage, qui mènera l'autre par le bout du nez ? Vous me trouvez ici, dans mon deux-pièces du Panier et vous vous figurez que je suis simplette, une pauvre godiche facile à éblouir par pulvérisation de poudre aux yeux. Alors je vous mets en garde, continuez comme ça sur la fausse route et vous tomberez sur un os. J'ai les yeux grands ouverts, moi, madame, et les Maroussian, et la carrière artistique de votre fille me laissent froide. Vous avez eu des maris à la pelle, c'est votre droit. Moi, un m'a suffi, je ne suis pas une professionnelle du veuvage comme certaines. Mon Albert était un honnête homme, pendant quarante ans il a gagné sa vie à la sueur de son front comme docker dans le port de Marseille. Il m'a donné trois enfants, un garçon et deux filles, des jumelles. Non, vous ne verrez pas les petites, elles sont au collège.

Le garçon m'a pas encore présenté votre Irina, je sais pas ce qu'il attend, il hésite on dirait. Il raconte que c'est une intelligence et aussi une beauté mais j'ai pas eu l'occasion de vérifier par mes yeux.

Mon fils est le meilleur des fils, un garçon en or. Vous avez du mal à croire ? Alors écoutez cinq minutes, j'ai des preuves. Tenez, il y a six mois, on lui propose une situation à Paris… Vous ricanez ? Allez-y, j'attendrai la fin des ricanements, j'ai tout mon temps. Ça y est ? Bon, voilà : c'était un gang de vol de voitures, ils travaillaient sur l'Allemagne et la Belgique, ils passaient les voitures en Afrique du

Nord. Mon garçon aurait pu gagner gros s'il avait accepté de marcher dans la combine. Mais il a refusé. Pourquoi, à votre avis ? Pour rester près de sa vieille mère. Pour continuer à me sortir de mes quatre murs le dimanche comme il a l'habitude. Vous en connaissez beaucoup, vous, des garçons de trente ans qui invitent leur mère, lui offrent le restaurant et la promenade chaque dimanche que Dieu fait ? Il m'emmène partout, même au stade quand il y a un match de foot avec l'OM. J'ai mon écharpe bleu et blanc, et je l'agite au-dessus de ma tête chaque fois que notre équipe marque un but. Ça vous étonne ? Rien de plus naturel pourtant, j'ai pris la passion et je participe avec les autres, c'est si gai quand on est tous là à espérer qu'ils gagnent et à se réjouir ensemble. Aussi, Maxime me fait découvrir la ville qui est pleine de merveilles, une fois on monte saluer la Bonne Mère, une autre on va au palais du Pharo, on se promène au parc Borély ou on va visiter le fort Saint-Jean, qu'on aille ici ou là, je me régale toujours avec lui.

Je suis sûre que votre Irina n'en fait pas tant pour vous. Est-ce qu'elle vous consacre tous ses viquindes ? Non, bien sûr, on la comprend, peuchérounette, on peut pas lui jeter la pierre. Toujours à vous mettre en avant, à critiquer le monde, même les jours fériés vous devez pas faire une compagnie bien rigolote. Votre fille vous doit tout ? En tout cas, pour le physique, j'espère qu'elle a pas pris de vous et qu'elle est sans dettes. Vous dites que, jeunette, vous étiez la plus belle fille de la rue Paradis, que tous les hommes se retournaient sur vous. Gloire à ceux-là qui sont sûrement plus de ce monde, aujourd'hui ils doivent se retourner dans leurs tombes s'ils peuvent vous voir du paradis des passants. Non, ce n'est pas la jalousie qui fait marcher ma langue, tout à l'heure je vous disais que vous ne portez pas votre âge, c'est vrai, les choses sortent comme je les pense, à mesure. Mais, franchement, des qui se dévisseraient la tête pour vous suivre dans la rue aujourd'hui, j'arrive pas à imaginer.

C'est trop ? Vous partez pour de bon ? Eh bien, il aura fallu beaucoup de fatigue et grosse dépense de salive pour arriver à vous décourager…

3

— Tu t'entiches d'un voyou, d'un voleur à la tire, d'un crocheteur de portefeuilles, et tu attends que j'applaudisse ? Je t'avertis, mon cœur saigne et mes mains sont empêchées d'applaudissements tant qu'il n'y aura pas rupture de ces fiançailles insensées.

— Calme-toi, mamouchka. Je voulais seulement t'informer.

— Pour informée, étouffée d'informations je suis, merci. Car je fais les choses dans les règles, moi. Je suis allée en reconnaissance dans la famille de ce garçon, je voulais présenter mes hommages, entrer en sympathie et en harmonie avec ces gens. Tu crois peut-être que je désopilais tout le temps que j'ai passé là-bas ? Tu te trompes : on ne m'a pas offert la moindre occasion de rire. Par contre, j'ai enduré tous les pinçons de la vexation et de l'outrage, j'en suis encore toute meurtrie.

— Tu exagères, maman. Tu es sûre que tu as été aimable, que tu les as abordés de la manière que tu dis ? J'ai entendu un autre son de cloche à propos de cette visite.

— Ah bon ? Les cloches parlent maintenant ? Et toi tu les entends et leur parole écrase la mienne, c'est ça ?

— Ne te fâche pas, mamouchka…

— Je ne me fâche pas, je suis morte : tu me tues avec tes fantaisies. Et qu'est-ce qu'elle dit l'autre cloche ?

— Que tu as humilié la mère de Maxime, que tu l'aurais pas mal bousculée.

— Ah ? Il s'appelle Maxime ?

— Oui, c'est un joli nom, il te plaît ?

— Il n'a pas à me plaire, le prénom ne fait pas l'homme.

— C'est un beau garçon, tu sais mamouchka. Grand, mince, avec beaucoup d'élégance naturelle.

— Et des mains de singe chapardeur, je sais, je sais. Dis-moi, ma fille, tu es vraiment décidée à épouser ce chimpanzé de cirque ?

— Maman, je t'en prie…

— Ne prie pas, pour la prière, j'ai la priorité, je m'en charge. Si tu t'en mêles, tu vas embrouiller Dieu, il vaut mieux lui laisser l'esprit libre. Il faut qu'il m'écoute, il faut qu'il m'exauce d'abord, privilège de l'âge. S'il pouvait dresser, je ne sais pas moi, un mur de Berlin entre toi et ce bandit, je lui donnerais dix ans de ma vie, non, cinq, ça devrait suffire, sinon la générosité me perdra.

— Maman, écoute-moi : j'aime Maxime.

— Ne m'énerve pas, Irina ! Tu l'aimes ! Mais tu aimes aussi le saumon, le champagne, le jacuzzi…

— Je suis désolée, je ne vois pas le rapport.

— Alors, je t'explique : tu aimes ces choses mais tu ne vas pas sacrifier ta vie pour un saumon, un jacuzzi ou une bouteille de champagne. Par contre, tu es prête à la gâcher en épousant ce… ce… pickpocket !

— Pardonne-moi, mamouchka, mais tu m'as avoué il n'y a pas si longtemps que mon père…

— Quoi, ton père ? Fais attention, Irina, on ne réveille pas les morts pour les insulter.

— Mais tu disais toi-même qu'il était un escroc, qu'il pratiquait l'arnaque à grande échelle…

— Parfaitement ! Ton père était un escroc international, un khalife de l'arnaque, et tu salis sa mémoire quand tu oses le comparer à ce petit minable que tu veux épouser !

— Maman, tu es blessante, je… je…

— Et puis, je ne me suis pas mariée avec ton père, du fait de sa situation, justement. J'étais amoureuse, mais pas folle. Il voulait te donner son nom mais j'ai refusé, pourquoi t'appelles-tu Maroussian d'après toi ?… Ton père, tu ne l'as jamais vu et vice versa, c'est aussi bien. Par chance, il est mort alors que tu étais encore toute petite, ça m'a soulagée du souci des présentations.

— Maman… oh ! maman…

— Ne pleure pas, ma fille, ma fleur, les larmes gâtent le teint. Je te promets que je ne casserai plus un gramme de sucre sur le dos de ton promis. Épouse-le, je ne m'oppose plus, tu as ma bénédiction. Je sais que tu n'épouses jamais pour longtemps, je serai patiente…

— Oh ! merci maman, merci ! Tu es un amour…

— Ne me parle plus d'amour. Parlons plutôt d'une question qui va se poser : tu te maries, mais tu gardes ton nom, c'est entendu ?

— Pourquoi ?… À vrai dire, je n'y ai pas réfléchi.

— C'est bien ce que je te reproche. Mais, si tu veux, j'aide la réflexion. Tu prendrais un nom qui peut se trouver demain en première page dans le journal, le nom d'un criminel ? Je te préviens, si c'est ça, je m'oppose, et deux fois plutôt qu'une.

— Calme-toi, maman. Je continuerai à m'appeler Maroussian puisque tu y tiens tant.

— Voilà enfin une parole sensée, je retire l'opposition. Maintenant, il faut voir à voir comment préparer la noce puisqu'il y aura. Moi, je vois la chose intime et sans tralalas. Pas d'invités, juste le fiancé, toi, les deux témoins, les deux mamans. Faire la chose en petit comité, c'est le mieux.

— Mais maman, Maxime a deux sœurs…

— C'est vrai. Alors, on ajoute les deux sœurs, mais rien de plus.

— Et ton mari, on ne l'invite pas ?

— Mon Dieu, tu as raison, Apollon, je l'oubliais ! Il compte pour beurre dans cette affaire mais on ne peut pas le laisser à la maison ce jour-là. Donc, si je récapitule on sera, deux, quatre, six… on sera neuf, c'est parfait. Je m'occupe de tout, tu peux te fier à ta mère. Je commande le banquet, les fleurs, je me choisis une robe de cérémonie, le chapeau et les souliers assortis…

— Mais maman, c'est moi qui me marie !

— Bien sûr, bien sûr… Mais pas question que tu te mettes en blanc, tu t'es trop mariée déjà. Pour toi, je verrais bien un petit tailleur bleu coupé dans la sobriété, qu'est-ce que tu en penses ?

— Je ne sais pas, mamouchka, ce n'est pas ce qui compte.

— Et qu'est-ce qui compte alors ? Dis-moi…

— Que tu te montres plus conciliante envers la mère de Maxime, que vous ne soyez plus en bisbille.

— D'accord. Mais pour ça, il faut que chacune accepte de mettre de l'eau dans son vin.

— Apporte l'eau la prochaine fois que tu la verras, maman, apporte toute l'eau que tu pourras, s'il te plaît, fais-le pour moi…

4

Le ciel m'est tombé sur la tête quand elle a dit oui. Sur la tête de ma mère, j'ai posé la question comme ça, histoire de rire et elle a dit oui. Depuis, je ris jaune. Jamais de ma vie j'ai voulu me marier, j'y pensais même pas, qu'est-ce qui m'a pris l'autre soir ? Ça doit être à cause de ses guibolles et de la pluie, un déchaînement des circonstances indépendant de ma volonté.

Quand j'y repense, il y a eu un autre responsable : le Campari. Comme il tombait des trombes, qu'elle était déjà pas mal trempe, moi, bonne pomme, je l'ai menée à l'abri dans un bar, face au Vieux-Port. On était là, bien au sec, bien au chaud, et le serveur tardait à s'amener. Alors je me lève, je vais jusqu'au bar. Le type, il était là, scotché devant la retransmission d'un match de foot. Comme de juste, l'OM jouait, le mec pouvait pas décoller son regard de l'écran, moi aussi je supporte notre équipe, alors j'ai tout de suite compris le topo : il allait falloir montrer patience et longueur de temps.

Il y avait toutes ces bouteilles alignées devant moi sur les rayonnages de verre, et celle-là qui m'a tiré l'œil, remplie d'un beau liquide rouge avec, marqué sur l'étiquette :

CAMPARI. Je connaissais pas, mais la couleur m'a plu, alors j'ai dit au mec de nous apporter deux verres de Campari. Et qu'il fasse vinaigre.

Quand les verres sont arrivés sur notre table, j'ai cru qu'elle allait se pâmer. Le Campari, c'est son apéritif préféré, vous parlez d'une coïncidence ! Sans le savoir, j'avais mis dans le mille. Tout émue, elle m'a donné l'explication sans économiser le détail : ce truc rouge, elle buvait que ça depuis qu'elle avait lu un bouquin de Marguerite Duras, une histoire de petits chevaux qui se passe en Italie, avec une bande de soiffards qui s'envoient du Campari à longueur de journée. Elle voulait savoir si je connaissais Marguerite Duras. Non, j'ai dit, jamais entendu parler. Ma mère, elle s'appelle bien Marguerite, mais tout ce qu'elle écrit, c'est la liste des commissions avant d'aller à la supérette du quartier.

Comment ils font les muets pour la demande en mariage, je m'interroge. Ils doivent être obligés de l'écrire, ça leur donne du temps de reste pour réfléchir et changer leur fusil d'épaule, les veinards. Moi, manque de chance, j'ai une langue et à ce moment-là elle a gagné de vitesse ma pensée et mon sentiment. J'ai lâché : « Et si vous m'épousiez ? » comme j'aurais dit : « Et si on allait manger une pizza ? » Je regrette que l'idée de la pizza me soit pas venue en bouche en place de la proposition de mariage. Comme elle a dit oui, qu'elle était bien tentante et qu'il faisait sombre au fond du bar, je l'ai un peu bécotée, c'est ce qui se fait dans ces cas-là. Après, je lui ai parlé de ma passion pour le foot. J'espérais la décourager, peut-être qu'elle allait reprendre sa parole et qu'on finirait la soirée en bons copains devant une bonne pizza justement. Mais je t'en fous, pas du tout, elle voulait même m'accompagner au stade-vélodrome dès qu'il y aurait un match pour me voir opérer dans la foule des supporters. « J'aimerais tant vous voir dans l'exercice de vos fonctions », qu'elle insistait. Elle désirait connaître ma technique, observer de visu comment je *procède* pour plumer le gogo ni vu ni connu. Elle cause bien, ma fiancée, y a pas à dire. N'empêche, je l'ai déçue, la causeuse. J'ai dû l'informer que je m'interdis de piquer pendant un match. Le foot, c'est sacré, pas question de se livrer au business dans un stade, ce serait gâcher le plaisir.

Ma mère m'a jamais mis de bâtons dans les roues, elle est pas contre le vol à la tire mais elle voudrait bien que je me case et que je lui donne des petits-enfants. Peut-être que j'ai demandé sa main à Irina pour faire le bonheur de Marguerite, allez savoir.

L'annonce l'a mise dans tous ses états, elle inventait déjà la berceuse inédite, elle se voyait pâtissant les bugnes et les chichis pour la nichée de pitchounets, mais son bonheur a clamsé vite fait. Quand l'autre, la mère d'Irina s'est amenée avec défoliant et désherbant, la joie toute neuve, toute tendre de Marguerite s'est desséchée sur pied, d'un seul coup. Elle veut plus entendre parler des Maroussian, ma pauvre mère, elle répète : « Mon fils, la barque a déjà navigué, elle va prendre l'eau et chavirer, sûr et certain. Si tu montes dedans, tu te noieras et moi je pleurerai. » Parfois, elle cause imagé, Marguerite, et je comprends que dalle. J'ai mis un long temps à piger que la barque, c'était Irina. La mère Maroussian a trop déparlé, tout est de sa faute. Elle s'est vantée de ses gloires et succès anciens, ça, passe encore, mais sur Irina elle a dégoisé tant et tant que les trois maris de ma fiancée sont restés coincés dans la gorge de Marguerite, pareils que des arêtes de rascasse. Pour elle, y a pas à tortiller, les ex-princes charmants d'Irina sont cause d'annulation de la promesse. Même si je suis pas chaud-chaud pour le mariage, je suis un type réglo à ma manière, l'engagement, je respecte. Alors, quand ma mère a essayé d'enfoncer ce clou de l'annulation, j'ai pas commenté, valait mieux trouver diversion. Marguerite, elle adore les balades, tous les viquindes je la promène et elle est aux anges. « Si on allait au château d'If dimanche prochain ? » j'ai proposé. Banco ! Tout de suite, la lumière des mers du Sud est revenue dans ses yeux. Moi, j'avais une idée qui me trottait dans le cabochon : cette sortie au château d'If, c'était l'occasion idéale pour présenter Irina à ma mère. Parce qu'elles se connaissaient pas encore, la bonne femme Maroussian avait pris les devants, elle était venue comme qui dirait en éclaireuse pendant que je me tâtais et à force de tâtonnements, le pire était arrivé : Marguerite jugeait Irina sans l'avoir vue, d'après la mauvaise impression que sa mère avait laissée derrière elle comme une bave de limace.

Pour moi, cette rencontre c'était du sûr et certain : le charme d'Irina, avec son sourire, ses longues jambes, ses beaux cheveux noirs allait effacer l'anticharme de la vieille chipie. Et ça a été comme j'espérais. J'avais donné rendez-vous à ma fiancée à l'embarcadère, sur le quai des Belges. Faut savoir que le dimanche, je tire jamais le sac ou le portefeuille : ma mère, c'est sacré, pareil que le foot, quand je suis avec elle, je me donne congé. Donc, j'étais là, dimanche matin, par le bras je tenais ma Marguerite toute frétillante qui s'extasiait devant les poissons sur les étals de la criée. « Et qu'ils sont beaux, et qu'ils sont frais, quelle merveille ces rougets, dis, Maxime, si on en prenait quelques-uns pour la friture, ce soir ? » Ça m'embêtait de lui refuser mais je lui ai dit que non, on pouvait pas, ça allait sentir si on les trimballait avec nous toute la journée. Juste au moment où j'étais au regret face à Marguerite, j'ai vu se pointer Irina, longue et belle comme une qui sortirait d'un magazine.

Je suis allé prendre les billets pour les laisser seules et quand je suis revenu, elles papotaient gentiment, comme de vieilles copines. Irina s'était mise à raconter l'histoire de Dantès-Monte-Cristo à Marguerite qui écarquillait ses billes, et posait des questions, et voulait savoir la suite. C'était tout bon, une réussite à cent pour cent cette rencontre et, en mon intérieur, je remerciais l'Alexandre Dumas qui a cogité toute cette affaire à enchanter les minots et les vieilles dames. Ma fiancée avait le livre dans la tête, texte intégral, le temps qu'elle arrive au bout on aurait fait le voyage jusqu'à l'île aller-retour, vous vous doutez, j'étais plutôt content de mon idée de sortie.

Au retour, quand on a débarqué de *La-Tramontane*, Marguerite voulait plus quitter Irina alors elle l'a invitée à souper à la maison. Les petites étaient rentrées de leur journée chez la cousine Odette et elles préparaient leurs leçons pour le lendemain en nous attendant. Dès qu'elles ont vu Irina, elles ont envoyé valser leurs livres et leurs cahiers pour lui faire la fête. Marguerite s'est mise à raconter qu'elle avait vu le cachot où Monte-Christophe était resté enfermé pendant vingt ans. Tout le monde a rigolé à cause de « Christophe », ma mère comprenait pas où était l'erreur mais on a passé une soirée très très gaie.

5

Cette fois, je viens en ambassade avec drapeau blanc et rayons de miel au cœur. Il faut que nous fassions amie-amie, je l'ai promis à ma fille et la promesse, c'est sacré, coûte que coûte il faut la tenir. Vous vous méfiez, vous attendez de voir ? Vous verrez, je vous répète, j'arrive avec le panier plein de bonnes intentions. Je vous ai apporté des fleurs aussi, j'espère qu'elles vous plaisent. Du temps que vous leur trouvez un vase et un peu d'eau, je me mets à l'aise, je connais la maison, ne vous occupez pas de moi…

C'est quoi, votre petit nom, madame Sastre ? Marguerite ? Un joli prénom, et qui vous va bien. Moi, c'est Sonia. On va laisser tomber les cérémonies et s'appeler par le prénom, pas de chichis entre nous si vous voulez bien. Enfin, pour les chichis, j'en prendrais volontiers avec le café, ceux que vous m'avez offerts l'autre fois étaient tellement délicieux !

Je suis venue vous parler de la noce, puisqu'elle va se faire et que la date approche. Comment on va l'organiser, j'ai ma petite idée, si vous êtes d'accord, je vous en touche un mot et après on en cause. D'abord, vu la situation de ma fille, on ne passera pas à l'église, il y a impossibilité. Ça vous désole ? Moi aussi, mais pas moyen de moyenner. Irina s'est déjà mariée devant Dieu, et Dieu n'accepte pas qu'on dénoue ce qu'il a noué, il n'a plus confiance, il refuse qu'on se présente dans sa maison une deuxième fois. Le don de persuasion ne me manque pas, mais aller négocier avec le Tout-Puissant pour qu'il révise sa Loi, ça, je ne peux pas. Donc, il faudra se passer de mariage religieux, croyez-moi, je le regrette autant que vous. Nos enfants échangeront leur promesse devant monsieur le maire, ça tiendra ce que ça tiendra. Notez, ça peut tenir, il y a des exemples : moi et Apollon on dure et on endure depuis vingt ans et pourtant notre union ne doit rien au prêtre et au sacrement. Vous riez ? C'est à cause d'Apollon, bien sûr, un prénom difficile à porter, surtout pour lui qui semble un fifrelet, un avorton, quand vous le verrez, vous rirez doublement. Nous deux, moi avec mon mètre soixante-quinze, lui avec son mètre soixante, c'est double patte et patachon, on fait la risée des gens qui nous croisent dans la rue, j'ai l'habitude. Pourquoi je l'ai épousé si on était tellement mal assortis ? Le bon métrage et la proportion ne sont pas assurances de bonheur, vous savez, Marguerite. Quand j'ai rencontré Apollon, il avait du bien au soleil, des relations, une position dans le monde, j'ai fermé les yeux sur les centimètres qui manquaient. Je ne regrette rien, parfois je l'oublie, mon Apollon, il tient si peu de place. Vous dites que le cas est grave et qu'il aurait dû changer de nom ? Ah ! que vous me faites plaisir ! Cent fois dans le temps passé je lui ai donné ce conseil mais il n'a jamais rien voulu savoir. Il serait allé à la mairie pour demander le changement, rien qu'à le voir on aurait compris, on aurait pris pitié de lui, on aurait arrangé l'affaire vite fait bien fait.

Moi, je lui suggérais des petits noms modestes, à sa taille, René, Yves, Luc, mais non, il a toujours refusé la démarche. Pourquoi ? Je me le demande encore. Le respect filial, la timidité, l'orgueil, est-ce qu'on sait jamais ce qui se passe dans la tête d'un bonhomme ? Il est grec, si ça peut faire explication. Une chose certaine maintenant : Apollon il est né, Apollon il mourra puisqu'il n'a pas voulu m'écouter.

Bon, laissons mon mari porter la croix du ridicule et revenons à l'organisation de cette noce. Je suggère de la mettre sous le signe de la simplicité et de la discrétion. Vous êtes de mon avis ? Tant mieux. Comme invités, les deux familles, c'est tout. Côté toilette, je prévois d'aller faire les boutiques, je voudrais me trouver un joli chapeau, on n'en porte plus, c'est bien dommage, quelle meilleure occasion que ce mariage ? Ah ? Pas de chapeau pour vous ? À votre guise, mais on n'évitera pas la séance chez le coiffeur, nous irons ensemble si vous voulez, celui qui s'occupe de ma couleur et de ma coupe a les mains d'un ange. Le vôtre aussi ? Et comme il a l'avantage de connaître votre tête, vous préférez qu'il vous coiffe ce jour-là, pas de problème, la fidélité au figaro est une chose qui ne se discute pas.

Irina m'a donné carte blanche pour le repas de la fête, elle sait que je suis une fine gourmette et que je saurai obtenir un bon prix. De toute façon, Apollon réglera la note, il est déjà prévenu. Vous voyez, tout se présente très bien : quand on entre en conversation avec volonté de s'entendre, on s'entend, pas de mystère.

Je vous sens tristounette tout à coup, versez-moi votre peine, la confidence lime les crocs du chagrin qu'on partage. C'est à cause de l'événement, vous allez marier votre premier-né, votre seul fils, et vous craignez de le perdre. Vous avez tort de penser en noir, Marguerite, mettez votre raisonnement au soleil et vous le verrez se transformer, bourgeonner et fleurir. Voyons, souriez, il n'est pas question que vous perdiez votre fils, au contraire, ce mariage vous donnera une fille de plus.

J'ai beau m'échiner tant et plus, je vois bien que les mauvaises lourdeurs du doute vous pèsent toujours sur le cœur. Comment faire pour vous dérider ? Peut-être que si je vous confiais le contraire d'un mensonge que je vous ai raconté l'autre fois, j'arriverais à vous tirer le sourire... Rappelez-vous, je vous disais que j'étais née en 1930, même que vous me trouviez bien conservée pour mon âge. Je trichais, pardonnez-moi, Marguerite, la femme est toujours tentée de se soulager de quelques années, surtout quand elles se font nombreuses, c'est inscrit dans le droit-fil de sa coquetterie. Pas vous ? Vous avouez votre âge sans traficoter votre acte de naissance. Vous méritez le bon point, encore une fois je suis toute révérence et admiration devant vous. Moi, quand je suis obligée d'annoncer la couleur, j'arrange un peu les dates, en fait, je suis née en 1925, et non en 1930. Mon anniversaire tombe le 28 mars, et ce jour-là, chaque année, Apollon organise une petite fête dans notre hôtel particulier du Prado pour me célébrer. Le 28 mars est dans une dizaine de jours, nous inviterons quelques amis comme d'habitude. J'aimerais tant que vous soyez des nôtres, Marguerite, vraiment vous me feriez un très grand plaisir. Quoi ? Ce genre de réjouissances n'est pas fait pour vous, vous ne vous sentiriez pas à votre place parmi nos amis ? Vous plaisantez, j'espère. Allons, Marguerite, il faut penser à prendre du bon temps, la vie est si courte. Je vous en prie, acceptez, venez avec les petites et le garçon, ainsi j'aurai l'occasion de le connaître enfin. Non, ne me dites pas que vous n'avez rien de correct à vous mettre sur le dos, une petite robe de coton fleuri fera l'affaire, ces fêtes se passent à la bonne franquette, tout le monde dans le jardin et sans manières, je vous assure. Et surtout, ne vous inquiétez pas de la distance entre le Panier et le Prado, je vous enverrai mon chauffeur, vous n'aurez qu'à vous laisser porter. Vous dites oui ? Ah ! quel beau cadeau vous me faites, j'ai envie de vous embrasser tellement je suis heureuse ! Vous permettez, Marguerite ?

6

— J'ai profité de l'absence de maman, j'avais tellement besoin de te parler, mon pirouli !… Te souviens-tu que j'ai commencé à te nommer ainsi alors que j'avais huit ans à peine ? À l'époque, mamouchka m'interdisait de t'appeler papa, puisque tu n'étais pas mon père. Comme elle ne supportait pas davantage que je prononce ton prénom, j'ai dû inventer et pirouli est resté en usage. C'est ma façon de t'exprimer ma tendresse, de te dire que tu es mon petit père d'élection, la bénédiction de mon enfance et mon seul confident depuis plus de vingt ans.

Tout au long de ce préambule, le vieil homme est demeuré silencieux. Il est assis face à Irina, dans un fauteuil à oreilles qui contient tout entier son corps chétif. Comme ceux d'un enfant, ses pieds ne touchent pas le sol. Il pose sur sa belle-fille un regard où il y a de l'amusement, de la tendresse aussi.

— Mamouchka me harcèle, pirouli. Elle ne cesse de répéter que j'épouse aussi souvent que je me mouche et que je jette les hommes comme des kleenex une fois que je suis guérie de mon petit rhume. Mais elle se trompe : Maxime n'est pas un rhume dont je guérirai de sitôt. Cela, qu'elle refuse toujours d'entendre, je ne peux le dire qu'à toi, mon pirouli. C'est pourquoi je suis venue.

— J'en suis très heureux, ma petite fille. Allons, dis-moi ce qui te tracasse. Je t'écoute.

— Mamouchka est allée rendre sa deuxième visite de courtoisie à la mère de Maxime et cela m'inquiète. Elle m'a bien promis de se montrer accommodante mais je crains que cette rencontre ne tourne à l'affrontement, comme la première fois.

— Si elle t'a fait promesse de bien se comporter, tu ne dois pas te mettre martel en tête. Veux-tu que je sonne pour qu'on nous apporte un café ? Ou une boisson fraîche, si tu préfères.

— Non, rien pour l'instant, je te remercie. Tout à l'heure peut-être.

— Tu connais ta mère, ma chérie, elle a le verbe qui déborde souvent la pensée mais ce n'est pas une méchante femme. Elle est soupe au lait, dirons-nous.

— Justement, un rien la fait sortir de ses gonds. Rappelle-toi le soir où je vous ai raconté cette rencontre fabuleuse sur la Canebière. Nous étions là, dans ce salon, assis tous les trois, et quand j'ai fini mon histoire tu as dit que tout ça était original et romantique en diable. Cette remarque a mis le feu aux poudres. Maman s'est mise à crier au scandale, elle s'est dressée comme une furie et nous a plantés là pour aller s'enfermer dans sa chambre. Tu t'en souviens ? Nous ne l'avons pas revue de la soirée.

— Je m'en souviens très bien. Mais ce soir-là, ce qui a provoqué ses foudres n'était pas un rien. Tu venais de nous informer que tu voulais épouser un malandrin, sa réaction était prévisible.

— C'est juste. Mais à présent, bien qu'elle ait fini par admettre l'idée de ce mariage, elle persiste à refuser de voir Maxime et elle ne peut s'empêcher de le vouer aux gémonies chaque fois que je l'évoque devant elle. Je ne sais plus par quel bout la prendre. Tu sais que la plupart du temps, je m'efforce de ne pas aller contre sa volonté et de me conformer à ses désirs. Pourtant, renoncer à Maxime pour éviter de la contrarier, je ne le peux pas.

— Il faut faire confiance à la vie, Irina. Je suis certain que Sonia fera amende honorable dès qu'elle rencontrera ce garçon.

— Oh ! je voudrais tant te croire, pirouli… C'est un fait qu'il attire sur lui l'opprobre si l'on s'en tient à la manière dont il gagne sa vie. Mais c'est un homme exceptionnel, je t'assure. C'est un très bon fils, tu sais, et aussi un frère attentif, un voleur plein de délicatesse et d'élégance. Jamais je n'oserais parler de lui en ces termes à mamouchka, ni à quiconque du reste. Seul mon pirouli peut continuer à m'écouter sans protester, et avec le sourire.

— La confiance que tu me témoignes me touche, chérie, et ton histoire me plaît. Ta mère pousserait des hauts cris si elle nous voyait là, à comploter dans son dos. Elle est persuadée que je prends un malin plaisir à flatter ton goût pour l'extravagance et à t'encourager à faire des bêtises. Ce n'est pas si faux. Sonia m'a toujours traité comme un mal nécessaire, mais si, mais si, il faut être lucide. Elle m'a épousé pour ma fortune, le luxe et la sécurité que je pouvais lui assurer. Mais elle ignore qu'elle m'a fait le plus beau cadeau : toi !

— Oh ! mon pirouli…

— Oui, ma petite fille. Ta mère, qui ne donne rien sans espérer quelque retour, nous a donnés l'un à l'autre et elle ne le sait toujours pas. Moi, le gringalet sans postérité, j'ai eu la joie de voir grandir sous mes yeux une enfant adorable, gaie, affectueuse…

— Et moi, la bâtarde, j'ai eu, j'ai toujours le meilleur des pères !

— Merci, ma chérie. Si l'on y réfléchit, nous formons une étrange famille dont ta mère se croit le pivot et le seul ciment. Mais l'essentiel lui a échappé. En vérité, dans ce marché de dupes, c'est elle qui se trouve la plus flouée.

— Tu as raison. Mais, il n'empêche, ce constat m'attriste.

— C'est ainsi, nous n'y pouvons rien. Mais parle-moi de ce garçon que tu aimes…

— Oui… Je te disais que mon fiancé est un voleur délicat. L'affirmation a de quoi choquer et l'on pourrait voir dans ma formule une antinomie inacceptable, irrecevable, je m'en rends compte. Pourtant, c'est bien le cas. Lorsqu'il déleste quelqu'un de son portefeuille, Maxime met un point d'honneur, une fois les billets prélevés, à expédier l'objet à son propriétaire. C'est un être assez fruste qui obéit à une certaine éthique même s'il ignore ce mot : il estime qu'être volé est un préjudice suffisant pour ses « victimes », il répugne à leur infliger en sus la suite de tracasseries qu'impliquerait la perte de leurs papiers et documents officiels… Qu'est-ce qui te fait rire, pirouli ? Tu ne me crois pas ?

— Oh ! si, je te crois. Cette pratique de ton Maxime me rappelle même une mésaventure ancienne dont j'ai fait les frais et dont je n'ai jamais soufflé mot à personne.

— Raconte, pirouli, raconte !

— C'était dans les années cinquante, à Nice. J'avais une trentaine d'années, mon père venait de passer la main, je me retrouvais à la tête d'un empire financier et je doutais de mes capacités à assumer les responsabilités qui m'étaient échues. À vrai dire, je ne me sentais pas à la hauteur et quand ces charges si nouvelles m'écrasaient, je quittais mes bureaux, j'allais marcher sur la plage. Ce jour d'hiver, elle était à peu près déserte et j'avançais, perdu dans mes pensées, quand un garçon m'a abordé. Il voulait du feu, je n'en avais pas, je n'ai jamais fumé. Je lui exprimai donc mes regrets de ne pouvoir lui rendre ce service, mais il les écarta d'un haussement d'épaules désinvolte et engagea la conversation. Je n'ai aucun souvenir des propos que nous échangeâmes, je me rappelle seulement qu'il était très volubile, charmant et pas bête du tout. Il m'accompagna ainsi pendant quelques centaines de mètres et me quitta enfin sur un salut très chaleureux. Une demi-heure plus tard, alors que je foulais encore le sable de la plage, un objet tomba à mes pieds. Stupéfait, j'eus le temps de reconnaître mon portefeuille et de voir s'éloigner, à vélo, celui qui venait de le lancer depuis la promenade. C'était le garçon avec lequel j'avais échangé quelques phrases un peu plus tôt, c'était mon voleur.

— Un voleur honnête, donc.

— Oui, c'est ce que j'ai pensé aussitôt, puisqu'il s'était soucié de me restituer mon bien après y avoir prélevé sa dîme, naturellement.

— En somme, il procédait de la même façon que Maxime.

— Exactement. Et c'est pourquoi ta formule ne me choque pas. Je crois même que ce garçon commence à beaucoup me plaire… À vrai dire, d'une certaine façon, nous nous ressemblons.

— Comment ça ?

— Il a des mains de voleur et une âme d'ange. Moi, je suis un nain, ou peu s'en faut. Ta mère, qui n'a jamais été aveuglée par l'amour, me l'a assez seriné au long des années. Mais pendant ces mêmes années, j'étais un géant de l'industrie et de la finance.

— La moyenne entre le nain et le géant donne un homme très convenable, pirouli…

— Tu es gentille, ma fille. Mais je voulais dire que ton fiancé est comme moi un être de contraste et de contradiction, c'est ce qui me le rend si proche. C'est un voleur, soit, mais il ne faut pas se fier à la façade d'un individu, à ce qu'il offre d'immédiatement visible. Crois-en mon expérience, les plus fieffés coquins nous apparaissent sous le masque de la respectabilité et sont aujourd'hui dans la banque, aux commandes des entreprises ou de l'État. Ton Maxime, j'ai bien envie de l'inviter à déjeuner, seulement lui et moi, qu'on puisse se parler entre hommes. Peux-tu arranger ça ?

— Bien sûr, avec joie ! Je m'en occupe dès demain !

7

Hier soir, Irina m'a annoncé que le Grec, son beau-père, me filait un rancard dans un restaurant de la rue Paradis. D'après elle, c'est un chic type, un grand monsieur dans sa tête même s'il est pas plus haut qu'un niston. Et avec ça, généreux, compréhensif et tout. Bref, elle me l'a tartiné d'éloges, histoire que je me sente à l'aise pour la rencontre. Elle m'a même conseillé de me saper un peu parce que le Grec est pas du genre à fréquenter les snacks ou les fast-foods. Comme je pouvais pas refuser l'invitation, avant le rendez-vous j'ai mis mon meilleur costard et une cravate mais j'en menais pas large, je me demandais ce que le vieux type pouvait bien me vouloir.

Quand je suis arrivé à l'adresse indiquée, y avait pas plus de restau que de beurre en branches. Peut-être que je me suis gourré, je me suis dit, peut-être que j'ai mal noté le numéro. Juste au moment où j'allais décaniller, une grosse limousine noire s'est arrêtée devant moi, le long du trottoir. Le chauffeur est descendu, est venu ouvrir la portière arrière, et le petit bonhomme était là, tout sourire, avec un nœud pap qui étranglait son cou de poulet. Il a sauté sur le trottoir pareil qu'un loriot et il m'a tendu la main :

« Ah ! je suis heureux de vous voir, Maxime. Allons-y ! » Et il s'est mis à sautiller devant moi jusqu'au porche de l'immeuble qui était là. C'était la bonne adresse à part que le restau il était au deuxième étage, de la rue on pouvait pas se douter.

Là-haut, un larbin en frac est venu nous ouvrir et a plongé en révérence quand il a reconnu son client. Normal, le Grec est plein aux as et ici on le bichonne, on le respecte. La salle était tout ce qu'il y a de feutré et d'intime, sur chaque table couverte d'une nappe blanche, il y avait des fleurs et une petite lampe à abat-jour rouge. Les gens qui étaient là, rien que des hommes, parlaient à voix basse. Ils portaient tous le costume trois-pièces, des gros pontes sûrement, le haut du panier des affaires. On nous a conduits vers une table au fond et quand le larbin a retiré le siège pour permettre au petit homme de s'installer, j'ai remarqué le gros coussin qui était posé dessus pour le rehausser.

Ça m'étonnait un brin qu'il y ait que des hommes autour de nous et j'ai fini par demander la raison au vieux.

— C'est un Cercle, qu'il m'a expliqué. Seuls les membres masculins y sont admis.

Un cercle, pour moi, c'est tout ce qu'il y a de rond, et là, la salle était plutôt rectangulaire, ça ne collait pas du tout. Quand je l'ai dit au Grec, il s'est esclaffé gentiment :

— C'est juste. Ce cercle est un grand rectangle. Appelons-le un club, comme nos amis anglais, si vous préférez.

Je préférais « club » même si les Anglais sont pas vraiment mes potes. Après, on s'est mis d'accord pour commander du loup grillé et de la verdure et, en attendant, le Grec m'a posé un tas de questions sur mon enfance, ma famille, mon métier, enfin quoi, ce qui me fait métier. D'habitude, j'aime pas trop qu'on me cuisine, mais là je sentais que c'était pas de la vilaine curiosité, que le type s'intéressait vraiment à mon cas, alors je répondais du mieux que je pouvais. Il quittait pas mes mains des yeux, il les regardait comme si que j'avais là des outils extraordinaires. Il a même voulu savoir comment j'avais découvert que j'avais ces mains « passe-partout » et je lui ai raconté que dans le passé, au collège, les copains me charriaient, soi-disant que j'étais pas chiche de piquer le portefeuille du professeur principal. Ils faisaient des paris, ils me provoquaient tant et tellement qu'à la fin j'y suis allé, j'ai soulevé l'objet ni vu ni connu et ceux qui avaient misé sur moi ont gagné. Bien sûr, j'ai précisé, le portefeuille je l'ai remis sur le bureau du professeur dès qu'il a eu le dos tourné. Après ce coup, vu que j'étais pas très doué pour les études, j'ai continué, j'avais trouvé ma voie, comme qui dirait. J'étais à cet endroit de mes mémoires quand on a entendu un fameux tohu-bohu à la porte de la salle et le larbin qui nous avait accueillis s'est pointé à notre table tout émotionné, avec la mauvaise nouvelle pour le Grec : c'était sa femme qui faisait tout ce tintouin à l'entrée parce qu'elle voulait lui parler de toute urgence. La réaction du petit homme m'a laissé sur le flanc : il s'est pas du tout démonté, il a ordonné qu'on informe son épouse qu'il n'était pas là.

— Mais monsieur, madame a vu la limousine en bas et elle dit que si la voiture est en bas, vous êtes en haut, ici.

— Joliment raisonné, a dit le Grec, et déduction imparable qu'il nous faut tout de même tenter de parer. Georges, vous allez annuler les loups, demander qu'on nous prépare un en-cas et faire en sorte de retenir la dame jusqu'à ce que nous ayons filé par l'escalier de service.

J'en revenais pas du sang-froid du bonhomme. En plus, ses yeux brillaient de malice, il avait l'air de s'amuser comme un fou à l'idée de fausser compagnie à sa bonne femme.

On a fait comme il a dit, on s'est carapatés par l'escalier de service pendant que la dame continuait à tempêter et à ameuter le monde avec ses criailleries. Arrivés en bas, on a pris place dans la grande bagnole et le Grec a donné l'ordre à son chauffeur de nous conduire hors de la ville.

— Emmenez-nous du côté d'Endoume. Là-bas, nous trouverons bien un petit coin pour pique-niquer.

Il riait encore du petit tour qu'il venait de jouer à la dame. À l'entendre, elle lui faisait le coup deux ou trois fois l'an sous des prétextes futiles parce qu'elle n'admettait pas que l'entrée du club soit interdite aux femmes. La plupart du temps, il cédait et allait parlementer avec elle pour la calmer mais aujourd'hui, il avait tenu bon.

— Elle doit être furieuse, qu'il m'a dit, il faut que je m'attende à des représailles quand je rentrerai à la maison.

Mais même cette perspective n'arrivait pas à lui couper le robinet de la joie.

Arrivés dans la campagne, on s'est installés sous les pins et on a déballé le casse-croûte. C'était pas trop tôt, avec tous ces contretemps il était presque deux heures et je commençais à avoir une drôle de dalle. Dans le panier préparé au club, il y avait tout pour rassasier et même pour régaler, un vrai festin. On a commencé par le saumon fumé, puis on a attaqué les œufs en gelée, le homard décortiqué avec sa mayonnaise, les aiguillettes de canard, et on a fini avec les tartelettes aux fraises, le tout bien arrosé. Pour dire, on s'est envoyé une bouteille de puligny-montrachet et une autre de saint-émilion rien qu'à nous deux. Après, forcément, il a fallu digérer et on a piqué un petit roupillon, là, sur l'herbette. Quand je me suis réveillé, le petit homme était assis, le dos contre un arbre, il devait me regarder dormir depuis un moment et alors, je sais pas pourquoi, j'ai pensé à mon père. C'est drôle parce que le paternel avait pas le même gabarit que le Grec, un colosse c'était, impossible de les comparer. Mais il y avait quand même quelque chose, peut-être cette façon de se taire et de sourire en même temps, une manière d'être là, avec moi, qui m'a touché. Quand on a repris la voiture pour rentrer à Marseille, j'ai dit au vieux que ce casse-croûte en sa compagnie, je l'oublierais jamais. Il a répondu que lui non plus, et je crois que c'était vrai.

8

De retour chez lui quelques heures plus tard, à peine a-t-il franchi le seuil, le Grec se heurte à une Sonia Maroussian qui l'attend là, toute vibrante de rage et les poings faits. Le plus terrifiant, remarque le bonhomme, est que la colère de l'épouse reste muette. Alors, il s'avance vers elle les bras tendus, paumes ouvertes, dans un geste de soumission.

— Je sais, je sais, dit-il, j'ai eu tort et je te demande pardon, Sonia. Je voudrais me racheter, te faire oublier l'incident. Dis-moi ce qui te ferait plaisir. Un diamant ? Une émeraude ? Un séjour aux Seychelles ? Dis-moi, m'amie.

— Garde tes cadeaux, crache-t-elle. Je ne veux rien !

— Tu ne veux rien ? Que se passe-t-il, ma chérie, tu es malade ?

— Je vais très bien. Mais je veux savoir en quelle compagnie tu étais pour me faire refouler du Cercle comme une malpropre. C'était une femme, hein ? Ta maîtresse, sans doute…

Sous le coup de la surprise, le Grec éructe, se met à glousser, ne peut contrôler un fou rire qui lui met des larmes dans les yeux.

— Rigole, Apollon, rigole. Rira bien qui rira le dernier.

— Mais… mais c'est la joie, Sonia. Tu me fais une scène de jalousie… C'est la première fois, je n'en reviens pas.

— Appelle ça comme tu voudras mais avoue : dis-moi qui était cette créature.

— Il n'y avait pas de créature, très chère. Les femmes ne sont pas admises au Cercle, tu le sais mieux que personne.

— Tu mens ! Quand je suis redescendue, la voiture n'était plus là.

— C'est exact. Je suis sorti par l'escalier de service.

— Tu fuyais, c'est bien ce que je pensais ! Pourquoi ? Avec qui étais-tu ?

— Avec Maxime, le fiancé d'Irina. Je l'avais invité à déjeuner.

— Avec Maxime, elle est bien bonne… Enfin, admettons. Et c'est maintenant que tu rentres ? Permets-moi de te faire remarquer qu'il est presque nuit.

— Nous avons pique-niqué du côté d'Endoume. Quand tu as fait irruption au Cercle, j'ai demandé au maître d'hôtel de nous préparer un panier-repas. Il y avait deux bonnes bouteilles et nous avons tout bu. Il faisait beau et, le vin aidant, après avoir déjeuné, nous nous sommes endormis sur l'herbe.

— Vous vous êtes endormis… De mieux en mieux. Alors, maintenant tu fais la sieste avec un inconnu, et avec un pickpocket par-dessus le marché.

— Il ne m'est plus inconnu, Sonia, nous avons passé quelques heures ensemble et nous avons beaucoup parlé. Je te signale en outre qu'un pickpocket qui dort est un homme tout à fait inoffensif.

— Tu as réponse à tout, bravo ! Mais prends garde à toi, Apollon, tu me rends folle, si ça continue, je vais divorcer !

— Réfléchis bien, Sonia. Divorcer serait une folie, en effet.

— Quoi ? Tu me menaces ? Tu oserais me couper les vivres ?

— Qui parle de te couper les vivres ? Je voudrais seulement que tu te calmes et que tu m'écoutes, ma chérie.

— Je t'écoute. Mais ne t'imagine pas que tu m'endormiras avec des fables.

— Crois-moi, Sonia, je tenais à rencontrer Maxime en tête à tête, c'est pourquoi je l'ai invité. Irina m'en avait dit le plus grand bien, mais il fallait que je me rende compte par moi-même, que je l'évalue si tu préfères.

— Et alors ?

— Eh bien, c'est un garçon simple, un peu rustique mais très sain et tout à fait charmant.

— Je vois. Tu vas me chanter ses louanges sur le même air qu'Irina.

— Pas du tout. Mais pour ce qui te concerne, il serait plus juste que tu attendes de le connaître avant de le juger.

— Est-ce que tu prétends m'empêcher d'avoir des opinions ?

— Je suis désolé d'insister, Sonia, mais tes opinions resteront sans fondement tant que tu ne l'auras pas rencontré… À propos qu'avais-tu à me dire de si urgent pour venir me retrouver au Cercle ?

— Épargne-moi ton hypocrisie, s'il te plaît, dis plutôt « pour venir me déranger au Cercle »…. Figure-toi que je voulais t'annoncer que j'avais invité Marguerite et ses enfants à ma fête d'anniversaire.

— Pardon… Je n'y suis plus. Qui est Marguerite ?

— Madame Sastre, la mère du fiancé.

— Ah !… C'est une excellente idée, Irina en sera très heureuse.

— Sûrement. Et toi aussi, puisque tu es maintenant cul et chemise avec le garçon.

— N'exagérons rien, Sonia. Je l'apprécie, c'est tout.

— Puisque ce Maxime est si remarquable et que tu l'apprécies à ce point, tu pourrais peut-être user de tes relations et lui trouver un emploi dans une banque, derrière un guichet ou aux écritures, je ne sais pas, moi…

— Effectivement, tu ne sais pas. Aussi, ne compte pas sur moi pour exercer mon influence au détriment du génie de ce garçon. Il excelle dans sa partie et je ne le vois pas du tout dans un emploi de gratte-papier.

— Du génie ! Tu ne crois pas que tu pousses le bouchon un peu loin ? Tu ne l'imagines pas en employé de bureau, c'est parfait. Et moi, tu m'imagines avec un gendre qui fait profession de détrousseur ?

— Il faudra t'en arranger, Sonia, il faudra bien.

9

— Ah ! Adeline, je suis dans une panade que vous pouvez même pas imaginer…

— Pour sûr, Marguerite, je vois bien que vous avez l'air chagrine. Qu'est-ce qui se passe ? C'est encore ce mariage qui vous fait souci ?

— Tout juste, ma bonne. À vous, je peux le dire, on vit porte à porte depuis plus de trente ans, vous connaissez toutes les pages de mon livre, vous êtes comme une sœur pour moi. Voilà : depuis que le fils m'a annoncé qu'il mariait son Arménienne, j'ai perdu le sommeil et le manger.

— Peuchère ! Mais il faut pas vous frapper comme ça, Marguerite, les choses arrivent comme elles arrivent, on n'y peut rien.

— Ce qui est arrivé hier, c'est la mère de la fiancée, elle m'a pris tout mon après-midi. Elle était là à répépier de longue sur l'organisation de la noce, moi je l'écoutais pareil comme un santon, elle me laissait pas piper mot. Et vous savez quoi ? Au final elle nous invite à son anniversaire dans le quartier du Prado.

— Mazette ! Au Prado ! Et vous comptez y aller ?

— Bien obligée, elle m'a arraché le consentement. Mais

cette invitation est un tracas qui s'ajoute. Qu'est-ce que je vais lui apporter, lui offrir, je me demande…

— Des fleurs, une bonne bouteille, je ne sais pas, moi…

— Des fleurs, des bouteilles, ils n'en manquent pas ces gens-là. Et arriver là-bas les mains vides, c'est pas possible, je perdrais la figure.

— Allez vaï ! Vous leur mettez un plein de chichis frégis dans une jolie banaste, et le tour est joué !

— Vous croyez ?

— Pardine ! Vos chichis sont les meilleurs de Marseille, ils s'en lécheront les doigts !

— Quand même, j'ai peur que ça marque mal.

— Pourquoi ? Chacun donne à la mesure de ses moyens et le monde est content.

— Content, content, on voit bien que vous connaissez pas le beau monde. Ces messieurs dames vont nous regarder de haut, moi et mes petits. Et puis, comment je vais m'habiller, ce jour-là, j'ai pas idée.

— Si vous voulez, je peux vous coudre en vitesse une robette qui fera l'affaire…

— Vous feriez ça ?

— Bien sûr. Vous choisissez votre tissu, vous me l'apportez et en deux jours la robe est prête.

— Oh ! Adeline, vous m'enlevez une belle épine du pied.

— C'est naturel. Et les pitchounettes, elles ont de quoi porter ?

— Oui, heureusement. Elles mettront les robes qu'elles ont étrennées pour la communion de leur cousine. Par contre, il faudra se mettre en frais pour la noce, avec ma petite pension je sais pas si j'y arriverai.

— À chaque jour suffit sa peine, Marguerite. Elle est pour quand cette noce ?

— Dans deux mois, fin juin.

— C'est un beau mois pour les épousailles, et ça laisse du temps.

— Quelle chanceuse vous faites, Adeline. Vous voyez toujours les choses en rose.

— C'est dans ma nature. Ah ! si je pouvais vous en prêter un morceau…

— Non, vous savez bien que c'est pas possible. Moi, ce que je vois en plus de la dépense, c'est que je vais perdre mon garçon.

— Pourquoi ça ? Quelle idée ! Votre Maxime, je l'ai vu grandir depuis le berceau et je sais que, marié ou pas, vous serez toujours sa préférée.

— Vous êtes gentille, Adeline. Vous dites ça pour le réconfort et la consolation.

— Mais non, mais non. Je le dis comme je me le pense, vraiment.

_ Remarquez, je l'aime bien, la fiancée. Elle a toujours une belle histoire à me raconter, elle est très jolie et gentille tout plein, le contraire de son épouvantail de mère.

— Vous voyez… Avec Maxime qui est beau comme un astre, ils vont vous faire des bébés si mignons qu'on aura envie de les croquer, pour sûr.

— Oh ! oui… Oh ! oui… Je me languis tellement d'être grand-mère… Mais peut-être qu'elle ne pourra pas, l'Irina, peut-être qu'elle n'a pas le ventre pour porter des petits.

— Marguerite, vous recommencez avec les vilaines idées. Tout de suite, vous pensez au mal. Pourquoi elle serait stérile cette fille ?

— Je ne sais pas. J'ai peur.

— Oubliez la peur. Parlons plutôt de cette robe que je vais vous faire pour la fiesta au Prado. Vous la voyez comment ? En forme ? Avec des plis ? Avec des fronces ?

— Oh ! je ne veux pas vous donner du travail de trop, Adeline. Cousez-la à votre idée, avec une encolure carrée et des manches courtes. Qu'elle soit simple, ce sera très bien.

— Bon. J'ai vos mensurations dans mon carnet, pas besoin de les reprendre. Apportez-moi vite le tissu. Dès que je l'aurai, je m'y mets !

— Merci, Adeline, merci.

10

Une femme vient d'entrer à grand fracas dans la galerie d'Irina Maroussian, suivie d'un homme qui porte un paquet volumineux. Elle est plate et sèche, plus sèche et plus plate qu'un stoquefiche, se dit Maxime. D'une voix encolérée, elle ordonne à l'homme de déballer l'objet, de le poser contre un mur et d'aller l'attendre dans la voiture. Puis elle se dirige vers Maxime qui se tient assis derrière le petit bureau d'Irina et se met à l'apostropher :

— Où est la directrice ? Il faut que je lui parle !

Maxime a déjà compris qu'il se trouve en présence de Sonia Maroussian et que l'heure tant redoutée de la confrontation vient de sonner.

— Elle avait rendez-vous à l'institut de beauté, dit-il. Alors je suis venu, je garde la boutique.

— Ah ! l'institut de beauté, c'est vrai, j'avais oublié, on est samedi… Et peut-on savoir qui vous êtes, jeune homme ?

— Maxime Sastre, le fiancé d'Irina.

— Ah ! vous êtes… Moi, je suis sa mère. Je rapporte ce… ce… cette horreur (elle a un geste vers le tableau qui vient d'être déposé par son chauffeur). Mon mari m'a offert ça pour mon anniversaire, mais je n'en veux pas !

Au cours de cet échange, le garçon s'est levé. Il propose son siège à la dame qui le refuse et commence à déambuler dans la galerie, non sans jeter des regards furibonds aux œuvres exposées là.

— C'est tout du même tabac ! marmonne-t-elle. Dégueulis et compagnie !

Elle revient vers le jeune homme et lui demande à brûle-pourpoint :

— Qu'est-ce que vous en pensez, vous ?

— Oh ! moi, j'y connais rien, répond-il prudemment. Je surveille, c'est tout.

— Et, à part mon imbécile de mari, il y a des gens pour acheter ces… ces choses ?

— J'ignore. Cet après-midi, j'ai pas vu grand monde.

— Encore heureux !… On voudrait faire passer ça pour de l'art mais c'est de l'imposture, un magma d'impostures ! « L'artiste » (on entend clairement tous les guillemets du mépris et du dégoût qu'elle appose autour du mot et elle le répète), « l'artiste » intitule ça *Projections*. Tenez, approchez-vous, venez voir de près la *Projection 12*, celle que j'ai reçue en cadeau et que je vous rapporte.

Elle entraîne Maxime vers le mur contre lequel a été abandonnée la « chose » inqualifiable qui n'a pas trouvé grâce à ses yeux.

— Qu'est-ce que vous voyez ?

— Pas grand-chose, avoue-t-il après une hésitation. Une grande tache orange, une petite tache noire…

— Exactement ! Vous avez l'œil, mon garçon ! Et vous savez de quoi sont faites ces taches ?

— Heu… Non…

— Je vais vous le dire ! La grande tache orange est de la purée de carottes projetée sur le fond. La petite tache noire, de la compote de pruneaux !

— Pas croyable, murmure Maxime qui s'est accroupi devant la *Projection 12* afin de mieux l'examiner.

— Peut-être incroyable mais absolument vrai, jeune homme ! Et on vend ça des fortunes, c'est ce que j'appelle se foutre du monde !

Maxime se redresse alors et, dans l'espoir de faire diversion, de mettre fin peut-être à cette situation qui l'embarrasse — après tout, il s'agit des choix d'Irina et ils sont mis en cause —, il suggère d'aller préparer du café ou un thé pour la dame. Il ajoute même qu'il pourrait aller chercher des gâteaux, il y a un très bon pâtissier tout à côté.

— Pourquoi pas, approuve la mère d'Irina. J'ai besoin de me remettre, je prendrais bien du thé avec des petits-fours.

— Des petits-fours ? répète-t-il un peu bêtement.

Maxime Sastre n'a jamais entendu parler de petits-fours, cette locution n'existe ni dans son vocabulaire, ni dans son univers. Pour lui un four est un appareil ménager qui a sa place dans une cuisine, où l'on fait cuire et rôtir toutes sortes de préparations. Mais un petit-four, *qu'es acò* ?

L'occasion est trop belle pour Sonia Maroussian qui voit se creuser un abîme de perplexité dans le regard du garçon et prend un malin plaisir à expliquer de quoi il retourne, petits gestes ronds à l'appui.

— Ce sont de très petits gâteaux, on n'en fait qu'une bouchée, vous voyez ?

— Oui, oui, très bien. J'y vais !

Et déjà il s'élance, déjà il est dehors avec la brûlure de sa honte, et il maudit les petits-fours qui viennent de lui faire perdre la figure devant sa future belle-mère.

Il en rapporte néanmoins une petite livre quelques instants plus tard — par chance, le pâtissier en avait —, les extrait un à un de leur carton, les dispose sur une coupelle et met de l'eau à chauffer dans l'arrière-boutique. Sonia Maroussian a pris place derrière le bureau de sa fille et attend d'être servie. De l'autre côté de la cloison, menus tintements de vaisselle heurtée : Maxime verse l'eau bouillante dans la théière, arrange tasses, soucoupes, théière et petits-fours sur un plateau qu'il prend à deux mains et vient déposer devant la dame.

— Même si ma langue risque de m'étrangler, dit-elle, je dois reconnaître que vous êtes parfait, jeune homme…

Sous le compliment, Maxime est près de rougir, mais il a passé l'âge de manifester ainsi son émoi.

— Vous ne vous asseyez pas ? demande Sonia Maroussian.

Le garçon pivote sur lui-même, il accomplit une révolution complète dont il revient bredouille : à part la chaise qu'occupe Sonia Maroussian, il n'y a pas d'autre siège dans la salle.

— Il doit y avoir un tabouret dans la réserve, susurre la dame.

Docile, Maxime obéit à la suggestion et revient avec le tabouret sur lequel il prend place. Une minute plus tard, quand il lui faut porter la tasse à ses lèvres, il songe qu'il va boire du thé pour la première fois de sa vie. Grignoter des petits-fours en compagnie d'une bourgeoise d'âge est une autre grande première, mais il faut ce qu'il faut, se dit-il.

Sonia Maroussian enfourne les petits gâteaux à la suite, avec une application vorace. Soudain, elle interrompt sa mastication, se tourne vers Maxime et lui décoche sa première flèche :

— Mon mari m'a raconté votre petite virée à Endoume. Il vous a en grande estime, il me semble. Depuis qu'il vous connaît, il ne jure que par vous. Félicitations, mon garçon, vous avez fait sa conquête.

— Ah…

— Mais, dites-moi, Maxime, sérieux et charmant comme vous êtes, vous n'auriez pas envie de changer de métier ?

L'interrogation vibre encore entre eux quand retentit la sonnerie qui signale l'ouverture de la porte d'entrée de la galerie. Le jeune homme a le sentiment qu'il vient d'être sauvé par le gong alors que, sur ses jambes longues, longues, s'avance vers eux une Irina resplendissante qui arbore son sourire de dernier samedi du mois.

— Ah ! s'exclame-t-elle, ravie, je vois que vous avez fait connaissance…

— Mais oui, ton fiancé m'a même offert du thé, dit la mère qui se lève, enfile ses gants, ramasse son sac et ajoute : Bon, puisque tu es là, je file, Maxime t'expliquera… Et, se tournant vers le jeune homme : Maxime, n'oubliez pas ma petite fête demain. Je vous attends avec Marguerite et les petites, pas question de me faire faux bond ! Venez sans faute, hein, sans faute !

11

Avec l'addition, la multiplication et même la calculette, impossible de compter les invités qui se pressent aux abords de la grande tente dressée dans le jardin de l'Arménienne, se dit Marguerite Sastre tandis qu'elle avance dans l'allée sablée, au bras de son fils. Jamais elle n'a vu autant de monde à la fois, des gens qui rient, un verre à la main, qui papotent et se congratulent, des gens qui ont l'air tellement heureux, tellement à l'aise. À l'aise, elle ne l'est pas du tout, quant à elle. Un instant auparavant, alors qu'elle franchissait la grille d'accès au jardin, elle se sentait plutôt bien dans la petite robe que lui a cousue pour l'occasion sa voisine, la brave Adeline. Mais à présent qu'elle découvre toutes ces femmes dans leurs toilettes si claires, si élégantes, elle est prise de panique, Marguerite : sa robe, en comparaison, lui paraît celle d'une pauvresse, elle voudrait fuir, rebrousser chemin, elle ne se sent pas le cœur d'affronter tout ce beau monde.

— Retournons ! souffle-t-elle à son fils.

— Non, maman. On a promis de venir, ils nous attendent, répond Maxime.

Et il lui serre plus fermement le bras, l'entraîne vers la foule rieuse et jacassante.

Derrière eux, vient le chauffeur de Sonia Maroussian qui les a amenés ainsi qu'il était convenu et qui porte une banaste pleine de chichis couverts d'un linge blanc. À leurs côtés gambadent les jumelles, insoucieuses de leur mise tant leur âge est tendre et leur innocence inentamée.

Au moment où le groupe atteint la première frange des invités, un cri monte là-bas, une main s'élève, s'agite par-dessus les têtes, puis l'auteur du cri, la propriétaire de la main — une main reconnaissable entre toutes car baguée à l'excès — se fraie un chemin vers eux : Sonia Maroussian vient de les repérer et se propulse à leur rencontre. Elle est enveloppée de voiles de mousseline dans un camaïeu de roses et de mauves qui l'apparente à quelque fleur exotique et vénéneuse. On peut aussi penser à une créature sous-marine, une espèce de poisson rare, encore non répertoriée, issue des hauts-fonds d'une mer très chaude, quelque part sous les tropiques. Mais le poisson comme la fleur sont privés du don de la parole alors que Sonia Maroussian le possède, qu'elle l'exerce même sans retenue et à la cantonade.

— Ah ! vous voilà enfin ! Marguerite, Maxime, quel bonheur de vous avoir ici !

Son regard aiguisé, auquel rien n'échappe, tombe sur la banaste que tient toujours le chauffeur, un peu en retrait. D'un preste mouvement, elle soulève le linge qui les recouvre et s'exclame :

— Des chichis ! Quelle merveilleuse idée, Marguerite ! Je les adore, personne ne les fait mieux que vous !

À peine détournée du panier aux chichis et dans son élan, elle picore le front des jumelles d'un simulacre de baiser, leur demande leurs prénoms mais ne prend pas le temps d'écouter la réponse des petites car déjà elle s'est glissée entre Maxime et sa mère et, les tenant l'un et l'autre par le bras, elle les conduit vers le cœur du maelström.

Sans l'avoir voulu, Marguerite Sastre se retrouve sous la tente où des tables ont été disposées le long des parois et croulent sous une abondance de victuailles diverses, viandes en gelée ou en croûte, salades composées, assortiments de fromages, pâtisseries variées, fruits en corbeilles. Devant cette exposition pléthorique et quelque peu obscène, elle éprouve un haut-le-cœur ; avec tant de mangeaille, se dit-elle, il y aurait de quoi nourrir toute la misère de Marseille pendant un bon gros mois. Elle voudrait reculer mais la poussée des invités vers le buffet est trop forte et le pire est qu'elle ne voit plus son fils qui semble avoir été englouti par la foule. Mais voilà que Sonia Maroussian crochète à nouveau son bras, l'oblige à faire face à un groupe de femmes et se met à claironner : « Je vous présente Marguerite, la dame aux… » Elle n'est pas sûre d'avoir bien entendu la fin de la formule, mais le fait est que les femmes se détournent en riant tandis que l'Arménienne s'éloigne déjà pour aller papillonner autour d'un autre agglomérat de chipies qui, à leur tour, lui jettent des regards en coin et s'esclaffent. Marguerite reste plantée là, perdue, le rouge aux joues, quand un serveur en veston blanc lui propose un verre : champagne ou cocktail, madame ? L'offre arrive à point nommé, elle étouffe, elle a soif, Marguerite. Mais elle ne sait que choisir. Le champagne, elle connaît, elle en achète une fois l'an pour la Noël. Pourquoi ne pas essayer le coquetaille qui est d'un si joli rose et doit être bien désaltérant ? Elle désigne du doigt un verre plein du liquide coloré et quand le serveur le lui tend, quand elle l'a enfin en main, elle le porte à sa bouche et l'avale d'un trait.

Plus tard, quand elle reprend ses esprits, Marguerite est au paradis. Elle est couchée dans de la soie et un ange posé près d'elle lui caresse le visage. C'est une sensation délicieuse, c'est un rêve, elle ne veut surtout pas qu'il s'achève, aussi n'ouvre-t-elle pas vraiment les yeux, elle laisse seulement filtrer son regard à travers une mince fente de ses paupières. Il y a en vérité trois anges qui veillent sur elle : Maxime, Irina, et ce petit homme qu'elle ne connaît pas mais dont les mains sont si douces, si secourables.

Les anges ont dû se rendre compte qu'elle était maintenant consciente. La voix de Maxime descend vers elle, sa voix de petit garçon : maman… maman, entend-elle. Puis c'est le petit homme qui parle, sans interrompre ses caresses. Il suggère qu'on aille chercher le chauffeur et qu'on lui demande d'attendre à l'arrière de la maison. Après cela, il s'adresse à elle et ses mots sont aussi suaves, aussi consolants que ses mains. Il lui murmure :

— Ne vous inquiétez pas, Marguerite, tout va bien. Dans un instant, le chauffeur vous ramènera chez vous avec les petites.

Elle reconnaît Maxime quand il se penche sur elle, l'aide à se redresser, elle reconnaît le parfum d'Irina qui vient se placer sur son flanc droit et l'aide à avancer. Ainsi soutenue, elle descendra les marches jusqu'au rez-de-chaussée, elle sortira de la maison par la porte de service, gagnera la partie arrière du jardin où l'attend la voiture et quittera le Prado à la barbe de Sonia Maroussian et de ses invités.

12

Vous êtes colère ? Alors on est deux, parce que figurez-vous que, moi aussi, j'ai mes raisons et elles sont meilleures que les vôtres. Vous arrivez ici la bave aux lèvres soi-disant que j'ai gâché votre fête, vous me jetez à la face que je suis une ingrate, que je suis partie sans avertir ni saluer. Est-ce que j'étais en état d'avertir et de saluer ? Vous empoisonnez les gens avec vos coquetailles, et après vous venez leur reprocher de manquer de tenue, vraiment, vous ne manquez pas de culot, madame Maroussian.

D'abord, arrêtez de me crier dessus, vous êtes chez moi, je vous rappelle. Et pas la peine de vous lamenter, de répéter qu'on est toujours trahi par les siens. Si votre mari et votre fille se sont mis de mon côté, c'était dans la bonne intention, pour la cause humanitaire comme qui dirait. Mais même s'ils me voulaient du bien, ils cherchaient pas à vous porter tort, je vous assure.

Votre invitation, c'était un piège, ni plus ni moins. J'étais là pour l'amusement de vos belles amies, surtout ne dites pas non, j'ai bien vu votre manège. Vous n'avez même pas eu l'idée de me présenter comme la mère du fiancé de votre fille, ça vous aurait écorché la bouche sûrement.

Chaque fois, à chacune, vous avez dit « Marguerite », mais dans mon dos j'entendais juste après, « la dame aux chichis », et toutes vos vieilles copines riaient. Je sais bien pourquoi elles riaient. Vous croyez que je suis une gourde, une ignare, mais voilà, l'histoire de Marguerite Gautier qui toussait et crachait le sang, celle qu'on appelait « La dame aux camélias », je la connais. Oh ! pas depuis longtemps, votre fille me l'a racontée pas plus tard que la semaine dernière, vous pouviez pas vous douter, bien sûr. Quand elle vient me visiter et qu'elle me trouve seule, je lui demande une histoire et elle m'en offre une gentiment en attendant le retour de Maxime. Avec elle je passe de bons moments, c'est ma petite récréation. Pas comme avec vous.

L'autre dimanche, dans votre jardin, sous cette tente, quand je vous ai entendue dire et répéter « Marguerite… la dame aux chichis », toute votre mauvaiseté m'a explosé dans l'oreille et j'ai eu honte. La honte donne chaud, vous savez, elle donne soif. J'avais besoin de boire mais on ne servait pas d'eau chez vous, rien que du champagne ou cette cochonnerie de coquetaille, et moi, à cause de la couleur, je croyais qu'on me proposait du jus de fruits, j'ai tout avalé sans me méfier. Ce qui s'est passé après, j'ignore et j'ignorerai toujours. Vous dites que j'ai roulé sous la table, que j'ai entraîné la nappe et tout ce qui se trouvait dessus, vous dites que c'est un scandale de se conduire comme ça quand on est accueilli dans une maison étrangère.

S'il y a ici une personne scandaleuse, une qui ne respecte pas les lois de l'hospitalité et se moque des gens qu'elle invite, c'est vous. Heureusement que monsieur Apollon se trouvait là et qu'il m'a porté secours. Vous le traitez par-dessus la jambe, vous n'arrêtez pas de déblatérer sur son compte mais moi je vais vous dire : tout petit et tout maigrelet qu'il est, il vaut mille fois mieux que vous. Quand j'ai ouvert les yeux dans cette chambre qui doit être votre chambre, il était assis au bord du lit et il me caressait les joues, le front. Il a des mains très douces, votre mari, des mains d'ange. Ça vous en bouche un coin, hein ? Vous avez l'air d'une qui vient d'entendre une insanité, vous écarquillez les yeux comme des soucoupes. Si vous les aviez ouverts plus tôt vous sauriez que cet homme est un trésor, mais non, pour vous il ne mérite même pas un regard. Quelle pitié ! Vingt ans que vous êtes mariée avec lui et vous savez pas encore la douceur de ses mains. Enfin, ça vous regarde. Mais pour l'affaire qui vous amène, si vous voulez la vérité, si vous voulez savoir pourquoi j'ai filé à l'anglaise avec mes petites sans prendre congé, sans vous saluer, je vais vous renseigner, vous ne serez pas venue pour rien. Notre départ en douce, c'était l'idée de votre mari : quand il m'a vue si mal, il a voulu m'éviter les salamalecs. Alors il a donné ses ordres au chauffeur et, cinq minutes après, la voiture nous attendait derrière la maison pour nous ramener au Panier. Votre jolie fête battait son plein, on n'allait pas vous déranger, est-ce que ça vaut la peine d'en faire un fromage ?

À la fin des fins, après longue réflexion, vous pensez que non, qu'il vaut mieux passer l'éponge et oublier l'incident. Enfin un bon mouvement de votre part. Vous dites ? Apollon est un saint et vous lui faites vivre un enfer et vous vous sentez coupable. Si je m'attendais à celle-là, franchement j'ai jamais vu personne retourner sa veste aussi vite que vous. Écoutez, Sonia, c'est gentil de votre part de vous montrer accommodante mais vous me mettez mal à l'aise, je ne suis pas conseillère conjugale, moi, qu'est-ce que je peux vous répondre ? Vous noircissez peut-être les choses, vous exagérez peut-être. Peut-être qu'il n'est pas aussi angélique que je vous disais, peut-être qu'il n'est pas le saint que vous croyez. Peut-être que vous n'êtes pas cette femme infernale que vous accusez de tant de malfaisance. Vous prenez tout ça trop à cœur, c'est mauvais pour vos artères. Je crois que vous êtes à bout, à votre âge les émotions fatiguent et vous en avez eu votre compte ces dernières semaines. À mon avis, vous devriez partir quelques jours pour vous reposer. Vous avez des tas d'amis, je les ai vus l'autre jour, je suis sûre qu'ils accepteraient de vous accueillir, de vous distraire. Non, vous secouez la tête, vous n'avez pas d'amis, tout juste des relations mondaines, vous ne pouvez pas compter sur ces gens. Ah ! bon… je croyais. Et puis, il y a cette noce, vous avez pris les choses en main, vous n'êtes pas du genre à vous défiler devant les responsabilités. Entre nous, Sonia, les enfants sont assez grands pour se marier sans qu'on leur tienne la main. Ce n'est pas votre façon de voir, il s'agit de votre fille unique, bon, personne ne dira le contraire, mais vous l'avez déjà mariée trois fois, et pour le résultat que ça a donné… Ne prenez pas la mouche, ce que j'en dis, c'est pour votre bien. Attendez… je crois qu'on frappe à la porte, qui peut venir me visiter à cette heure ? Pardon… je vous laisse une minute, je vais voir. Ah ! c'est vous, Adeline, entrez, entrez… Sonia, je vous présente Adeline, ma voisine. On se connaît depuis plus de trente ans. Adeline, je vous présente Sonia Maroussian, la maman d'Irina. Justement, on parlait de la noce, Sonia pense qu'elle doit se charger des préparatifs, elle estime que c'est son rôle mais je crois qu'elle a tort. Regardez comme elle a l'air abattu, peuchérounette, si ça continue elle va péter les plombs. Adeline, vous qui en avez casé quatre, dites-lui que les jeunes n'ont pas besoin de nous, qu'elle doit se ménager. Moi, je lui conseille de prendre un peu de bon temps pour être d'attaque le jour du grand jour, mais elle est testarde, elle ne veut pas entendre raison. Dites-lui, vous, dites-lui, avec votre expérience…

13

Moi, je m'appelle Sophie et ma sœur jumelle, c'est Julie. On est des fausses jumelles parce qu'on avait chacune son œuf dans le ventre de maman. Je trouve que c'est aussi bien comme ça. J'aurais pas aimé habiter le même œuf que ma sœur vu qu'elle devait déjà gigoter pas mal dans ces temps-là, elle m'aurait empêchée de me reposer et de me préparer pour la naissance. Dans le lit où on dort ensemble, moi à la tête, elle à l'autre bout, elle bouge sans arrêt, elle tourne, elle vire, elle me donne des coups de pied, c'est vraiment pas marrant de passer les nuits avec elle.

Papa, on l'a pas connu, il est mort qu'on était encore des bébés mais maman dit que Julie lui ressemble par plein de côtés. Par exemple, c'est une fille qui parle chaque fois qu'il lui tombe une dent, les mots, faut les arracher de sa bouche avec un tire-bouchon. Moi, c'est tout le contraire, je bavasse beaucoup, paraît que j'ai la langue bien pendue. Un jour, j'ai proposé à Julie de se mettre avec moi devant la glace de l'armoire à pharmacie dans la salle de bains. Je voulais qu'on tire la langue en même temps pour vérifier comment nos langues étaient accrochées dans nos bouches. On les a ouvertes en grand, on a bien regardé mais on n'a pas vu de différence. J'étais beaucoup déçue.

Maxime, notre grand frère, va bientôt se marier avec Irina. Elle est super, on l'aime beaucoup, Julie et moi. Après le mariage, elle sera notre belle-sœur. Par chance, Irina est belle, on pourra même dire qu'elle est notre très-belle-sœur, ça sera pas du flan parce que c'est la vérité vraie. Mais il y a des moches qu'on appelle aussi belle-sœur, belle-mère, beau-frère, je connais pas mal de cas, et là, je trouve que ça convient pas du tout, mais pas du tout. On devrait dire fausse-sœur ou fausse-mère, ou faux-frère, ce serait plus juste. Un jour, quand j'aurai un moment, j'écrirai aux vioques de l'Académie qui s'occupent du dictionnaire pour leur demander la modification.

Irina dit qu'on a bien de la chance d'être deux sœurs, comme ça, toujours ensemble, et qui partagent tout. Elle, elle a jamais eu personne avec qui partager à cause qu'elle est fille unique. Depuis toute petite, sa mère est toujours sur son dos, elle lui lâche pas la grappe et quand elle se met en colère, c'est Irina qui ramasse tout. Elle nous explique qu'elle est comme un arbre tout solitaire dans un champ. Si par malheur un orage éclate, si le tonnerre se met à gronder et qu'il y a un coup de foudre, c'est cet arbre-là, seul au milieu de son champ, qui le prend. On a un peu de mal à imaginer Irina en arbre mais on la comprend et on la plaint. Risquer d'être foudroyé par une parole ou un regard de sa mère, ça doit pas être drôle tous les jours. La sienne, on la connaît, on l'a vue l'autre dimanche à la fête qu'elle donnait pour son anniversaire, c'est un vrai tronc-de-l'air. Heureusement, elle a un mari très très gentil, monsieur Apollon. Même qu'il est pas son vrai père, il est comme un paratonnerre pour Irina, il la protège chaque fois qu'il y a de l'orage dans l'air et que la foudre veut lui tomber dessus.

Là-bas, dans le beau jardin du Prado, on s'ennuyait comme des rats morts, Julie et moi. On tournait en rond, on traînait nos sandales dans le gravier, on regrettait déjà d'être venues. Parce qu'on savait pas trop quoi faire, on a fini par s'asseoir au bord du bassin pour regarder les poissons rouges. Mais on pouvait même pas les voir à cause qu'ils avaient peur et qu'ils se cachaient sous les feuilles des nénuphars. Comme j'avais besoin de distraction, j'ai pas trouvé mieux que de jeter des poignées de gravier dans le bassin : je voulais effrayer ces imbéciles de poissons, leur donner une bonne raison de craindre, et qu'ils bougent, qu'ils se montrent enfin. C'est à ce moment que le beau-père (faux père) d'Irina s'est pointé de notre côté. Il est pas plus haut que nous et il parle d'une voix très douce, monsieur Apollon. Il nous a proposé de nourrir les poissons, c'était la meilleure façon de les obliger à monter à la surface, qu'il a expliqué. Cinq minutes après, on avait chacune un petit paquet de graines spéciales pour poiscailles et on les jetait sur l'eau, ma sœur et moi. Bon, ils sont venus, on les a vus, mais au bout d'une demi-heure ils étaient gavés, les poissons, et nous aussi. On a recommencé à s'ennuyer ferme et c'est encore le petit homme qui a trouvé la solution. Il nous a invitées à entrer dans la maison pour regarder la télévision. Dans un petit meuble, il y avait une flopée de cassettes, on pouvait faire notre choix, qu'il disait. On a farfouillé dans le tas et on s'est décidées pour *Les Dents de la mer*. On l'avait déjà vu, c'est une histoire qui fait peur, avec des requins qui boulottent les gens, mais justement, ça nous plaît d'avoir peur. Ici, à Marseille, il y a la mer mais pas de requins, encore heureux. Monsieur Apollon a mis l'appareil en marche et il nous a laissées là, bien installées dans les fauteuils en cuir. Mais même qu'il s'était éclipsé, il continuait à penser à nous : pendant qu'on regardait notre film, il nous a envoyé un serveur qui portait un plateau avec dessus plein de choses régalantes à boire et à manger.

Au milieu du film, on a eu la visite d'Irina et il a fallu arrêter le magnétoscope. Elle venait nous expliquer un truc important, mais on devait promettre de le garder pour nous, c'était un secret. Voilà : avec Maxime, ils ont décidé qu'ils habiteront pas ensemble quand ils seront mariés, ils pensent que c'est mieux pour que l'amour dure toujours, enfin, plus longtemps. Je trouve qu'ils ont raison. Moi, je suis bien contente de pas avoir habité le même œuf que Julie, pourtant, j'aime personne mieux que ma sœur. Alors, partager la maison, la chambre, le lit d'un bonhomme tous les jours, pendant des mois, des années, sûrement je pourrais pas supporter, ça doit être mortel. Irina voulait savoir si on était d'accord avec cette nouvelle façon de vivre qu'ils avaient envie d'essayer. On a répondu oui, complètement, c'est une super-idée. Du coup, elle était rassurée, elle nous a embrassées et elle est partie retrouver les invités dans le jardin. On a remis le magnétoscope en marche mais on a pas pu voir la fin des *Dents de la mer* parce que maman a eu un malaise et le chauffeur de monsieur Apollon nous a ramenées dare-dare à la maison.

14

— Ça me fait tout drôle d'être là, debout sur ce tabouret, avec vous à mes pieds, Adeline.

— Et pourquoi ça ? C'est pas la première robe que je couds pour vous.

— Je ne sais pas, c'est l'excitation peut-être. À cause de la noce de Maxime qui approche, je pense à la mienne.

— Ça se comprend... Racontez-moi... Vous avez dû vous marier en blanc, jeunette comme vous étiez.

— Oui... j'avais une robe en taffetas, toute simple. Aussi, ma mère avait posé sur mes cheveux un diadème de fleurs d'oranger pour tenir mon voile, des vraies, pas des imitations en tissu ou en plastique. C'est elle qui les avait arrangées. Elles ont pas duré bien longtemps mais j'ai eu leur parfum pendant des heures.

— Et votre Albert ?

— Oh ! lui, il était magnifique ! Il portait un costume anthracite, une cravate gris perle sur une chemise blanche avec des boutons de manchettes. Tellement beau il était qu'on aurait cru un prince, si vous l'aviez vu...

— Je me doute, il a toujours été bel homme.

— Oui, il avait ce grand corps, avec des épaules comme

ça, une armoire à glace, une montagne de muscles, les gens disaient. Moi, je le voyais comme un géant tranquille et doux, il me rassurait, j'étais en sécurité près de lui. Et puis, son cœur a lâché, c'est ce travail qu'il faisait au port qui me l'a tué.

— Peuchère ! Pauvre Albert, grand et fort comme il était, partir si vite…

— Tous ces souvenirs avec lui, ça me remue chaque fois que j'y pense, faut pas faire attention.

— Bien obligée, à cause de ces souvenirs qui vous remuent vous tenez pas en place et moi j'ai du mal à égaliser votre ourlet.

— Oh ! excusez-moi, Adeline. Je parle, je bouge et je vous empêche de travailler.

_ Mais non, mais non. Tournez un peu… là, c'est bien. J'ai presque fini.

— Il est joli ce vert, vous ne trouvez pas ?

— Oui, c'est ce qu'on dit le vert jade. Sur une brune comme vous, ce sera très seyant.

— Adeline… pour ce mariage de Maxime, je voulais m'excuser… Ça me fait peine de pas vous inviter mais c'est l'Arménienne qui a tout décidé, elle veut personne à part la famille.

— Pas besoin de vous tracasser pour si peu, Marguerite. Mon plaisir, c'est de vous faire cette robe. Vous la mettrez, vous viendrez vous montrer avant de partir pour la cérémonie, et moi, de vous voir bien belle, ça me suffira.

— Vous êtes bonne, Adeline, mais quand même, elle exagère cette femme… Toujours à imposer sa volonté au monde. Si elle dit noir, ou blanc, pas question d'avancer un pion de couleur, sinon c'est le drame garanti. J'ai bien essayé, moi, pour vous avoir avec nous le jour de la noce, si vous aviez vu comme elle m'a rembarrée !

— C'est pas un problème, ôtez-vous ça de la tête, Marguerite. Je ne vais pas me sentir privée, je vous assure. Vous savez bien que j'aime pas trop quitter mon petit chez-moi. Vous m'apporterez des dragées et je serai contente. Les dragées du mariage de Maxime, pensez !... Dire qu'il était tout bébé quand vous êtes venus vous installer ici à côté.

— Oui. Et il a trente ans, présentement.

— Trente ans... c'est vrai. Il aura mis le temps à sauter le pas, dites-moi. Les miens se sont envolés du nid qu'ils avaient dans les vingt-cinq à peine.

— C'est qu'il avait honte.

— Honte ? Pourquoi ?

— À cause de ce qu'il fait pour ramener l'argent à la maison, vous savez bien... Avec Irina, vu comment ils se sont rencontrés, c'était différent. Elle a su tout de suite et elle était pas du tout choquée. Alors, quand il lui a fait sa demande, elle a accepté sans hésiter.

— La brave petite.

— Vous pouvez le dire, elle est brave et elle a eu le coup de foudre ce soir-là. Ces choses, on peut rien contre. La mère Maroussian en sait quelque chose. Même qu'elle a fait des pieds et des mains pour que sa fille change d'avis, elle a pas réussi.

— Cette rencontre, c'est une chance pour Maxime.

— Pour sûr, et c'était pas trop tôt parce que la chance, jusque-là, il connaissait pas. Un garçon qui est tant doué de ses mains et qui s'en sert comme vous savez... Il voulait faire artiste, alors vous imaginez comme c'est dur pour lui.

— Ah ? Il voulait faire artiste ? J'ignorais.

— Comme je vous le dis. Mais à la mort de son père — il avait à peine quinze ans, juste l'âge des jumelles aujourd'hui —, il a mis la croix sur ses rêves. Il savait que j'avais seulement ma petite pension de veuve, il a fait le gros sacrifice pour aider la famille. C'est triste quand on y pense : la vie a été bien mauvaise avec mon garçon.

— Elle a été mauvaise, elle sera bonne, vous verrez. Il ne faut pas désespérer.

— Dieu vous entende, Adeline… Dites, vous pouvez m'enlever ces épingles qui me piquent là et là ?

— Je les enlève tout de suite… voilà. Attention maintenant à retirer la robe bien doucement. Cet après-midi, je me mets au surfilage et, si vous êtes d'accord, on fait un nouvel essayage demain matin.

15

La veille du mariage, monsieur Apollon est passé à la maison avec l'idée de nous confier une mission, à Julie et à moi. C'était la première fois qu'il venait, j'ai bien vu que maman flippait un max, imaginez, un monsieur comme lui qui débarque chez nous, elle tournait en rond, la pauvre, elle savait pas quoi faire de ses os. À la fin, elle lui a demandé s'il désirait boire quelque chose et le petit homme a répondu qu'il prendrait bien une tasse de thé. Du thé, y en a pas chez nous, personne en boit. Maman m'a jeté un regard, j'ai pigé tout de suite, et j'ai filé jusqu'à l'épicerie du coin où on a un compte. Là, la bonne femme derrière son comptoir me demande : « Quel genre de thé ? » Moi, que le thé pouvait avoir un genre — masculin ? féminin ? — j'ignorais, alors j'ai dit : « Du thé, point final, mais vite, parce que l'eau doit commencer à bouillir sur la gazinière… »

Bon, le petit homme a eu son thé, il le sirotait avec distinction, comme ils font en Angleterre où paraît que les gens boivent tous ce truc plein d'eau du matin au soir. Moi, je le regardais et je me pensais qu'il avait dû choper les manières anglaises quand il faisait ses études là-bas, à

Oxford ou à Cambridge, ou peut-être que c'est naturel, parce que pour la distinction, il tient le pompon, monsieur Apollon.

Pendant qu'il buvait son thé, il nous a exposé « l'objet de sa visite ». Voilà : madame Sonia était furax à cause qu'elle arrivait pas à trouver des chaussures assorties à son chapeau. Rose fuchsia, il était, le chapeau. Depuis une semaine, elle courait tous les marchands de godasses de la ville mais personne vendait de ces machins fuchsia qu'elle voulait se mettre aux pieds. Monsieur Apollon a dit : « Pendant qu'elle cherche ses escarpins, on trouve la paix. » On a ri, mais juste un peu, un petit rire discret et distingué pour rester au diapason avec le petit homme. Il est comme ça, monsieur Apollon, il met de la délicatesse partout, même quand il se moque de sa femme. D'après maman, c'est la pâte des hommes, la preuve, il avait même suggéré à madame Sonia d'aller acheter ses chaussures fuchsia à Londres parce que, là-bas, en plus de la distinction, ils ont le goût des couleurs bizarres. Mais elle avait refusé la proposition et elle était pas à prendre avec des pincettes à l'idée que demain elle allait devoir porter un autre chapeau et des souliers déjà étrennés.

Bref, madame Sonia était sur les nerfs, elle avait décrété qu'il n'y aurait pas de photos officielles pendant la noce et comme elle est la grande organisatrice dans cette affaire, pas question de la contrarier. De son côté, monsieur Apollon était d'avis que Maxime et Irina méritaient d'avoir quelques photos en souvenir de leur mariage. Maman a hoché la tête, signe qu'elle était d'accord avec ce point de vue. Ce mouvement d'approbation a encouragé le petit homme à causer de son plan en détail. Il a rappelé qu'il fallait agir en douce pour « ménager la susceptibilité » de madame Sonia. Il avait acheté deux appareils, un pour Julie, un pour moi, mais on devrait faire gaffe et « opérer avec discrétion ». Si on acceptait de se charger du « reportage », il les avait là, il pouvait nous les montrer. Nous on voulait bien mais on savait pas, on avait jamais pris une photo de notre vie. Pas de problème, qu'il a dit, ces appareils sont automatiques, ils fonctionnent tout seuls. Il les a sortis de la mallette posée près de lui et les a déballés devant nous. C'était vraiment fastoche : il suffisait de viser, de bien cadrer, d'appuyer sur le déclencheur, clic, clac, et la photo était dans le boîtier. Du coup, Julie et moi, on a pris les appareils et on a annoncé qu'on allait faire quelques photos dans le quartier, histoire de s'entraîner.

Enfin, le grand jour est arrivé. Comme on était les demoiselles d'honneur, on avait du pain sur la planche, ma sœur et moi, fallait assurer. On a mis des guirlandes de fleurs sur la voiture des mariés, on leur a jeté du riz à la sortie de la mairie, on a décoré la table du banquet avec des bouquets et, surtout, surtout, on a pris un tas de photos. Oh ! la, la, ces photos… Il y en a quelques-unes qui sont pas très nettes mais pour un reportage, c'est un reportage, on s'est tellement bien débrouillées qu'on n'a rien laissé passer. Bien sûr, on a beaucoup mitraillé les principaux intéressés, Irina et Maxime, ils étaient si beaux en mariés. Mais plus tard, à la fin du repas, on s'est mises à photographier madame Sonia. Comme elle avait pas mal bu, elle était complètement partie et elle savait plus ce qu'elle faisait. Elle a voulu monter sur sa chaise pour chanter, et moi, clic, clac : on la voit toute débraillée, le chapeau de traviole, avec un visage tout rouge de pocharde. Un clic, clac de Julie et on la voit affalée sur la table, la tête posée sur ses bras et, là, plus de chapeau, il a dû tomber. La fête est finie, les mariés partent en voyage de noces, tout le monde se lève pour les embrasser sauf madame Sonia qui est pas en état, elle ronfle, à moitié couchée sur la table au milieu des miettes et des verres vides. Clic, clac. Le chauffeur s'amène, il la soulève pour la ramener chez elle, je vise, je cadre, clic, clac.

Elles sont terribles, ces photos. Je sais pas ce que monsieur Apollon va en penser mais en tout cas faudra pas les mettre dans toutes les mains. Si madame Sonia tombe dessus, elle nous tue, sûr et certain.

16

— Apollon ! Apollon ! Allume, j'ai peur…

— Voilà, voilà… Calme-toi. Qu'est-ce qu'il y a ?

— Peuchère… mais qu'est-ce que tu fais par terre, Apollon ?

— C'est à cause de tes cris, j'ai sursauté, je suis tombé du lit.

— Remonte, mon bon, reprends ta place. Quand je te vois là, à quatre pattes sur la moquette, je pense à tes parents.

— À mes parents…

— Oui. Je me dis que le jour où ils t'ont donné ton nom, ils devaient avoir l'humeur farceuse…

— Des farceurs, mes parents ?

— Sûrement. Ils se moquaient de la Grèce antique, de la beauté et des dieux de l'Olympe, je vois pas d'autre explication.

— Je te remercie. Tu me réveilles en pleine nuit pour te payer ma tête, c'est ça ?

— Mais non, mais non. Si je t'ai réveillé, c'est parce que j'ai fait un cauchemar affreux. Je rêvais que ma fille épousait ce brigand.

— Ce n'était pas un cauchemar, Sonia. Ils se sont mariés hier.

— Non… Ce n'est pas possible, tu plaisantes.

— Est-ce que c'est l'heure de plaisanter ? Ils sont mariés, je te dis. Ils sont même partis en voyage de noces.

— En voyage de noces… Où ça ?

— À Cassis. Ils reviennent dans huit jours si j'ai bien compris.

— Apollon, c'est horrible, je ne me souviens de rien. Ce doit être tout ce vin que j'ai bu. Ou peut-être que j'étrenne mon Alzheimer.

— Ne parle pas de malheur, Sonia. Détends-toi. Essaie de te rendormir, je vais éteindre.

— Apollon, par pitié, n'éteins pas, le noir me fait peur, je sens que je ne dormirai plus. Tiens-moi la main, tu veux bien ?

— La main, le bras, je tiens tout ce que tu voudras, mais tais-toi, j'ai sommeil. Viens contre moi…

— Apollon, ils l'ont prévue courte, la lune de miel ?

— Oui, une semaine. Il vaut mieux pour toi.

— Pourquoi ? Qu'est-ce que tu racontes ?

— Tu ne t'en souviens pas ? Tu as prêté ta carte bancaire à Irina.

— Quoi ? Rallume tout de suite !… Tu dis, tu dis… Et je lui ai donné le code ?

— Naturellement.

— Mon Dieu ! Il fallait que je sois soûle comme une bourrique ! Et toi, tu m'as laissée faire ?

— Comment est-ce que j'aurais pu t'en empêcher ? C'est ta fille, après tout, et tu avais l'air d'accord avec ta générosité, tu as même insisté pour qu'elle accepte ta carte.

— Alors, ma carte bancaire est entre les mains de la femme d'un voleur…

— Elle est entre les mains de ta fille, Sonia.

— C'est à voir. Il faudrait en deviser toi et moi.

— Désolé, je ne devise pas à trois heures du matin. C'est non.

— Je t'en prie, Apollon. Tu ne peux pas me laisser comme ça, tout esquichée entre l'angoisse et le doute. Sois bon, rallume, que je te dévisage pendant que nous deviserons de cette question : est-ce qu'Irina, qui est mariée à un bandit, à un détrousseur, est encore ma fille ?

— Sonia, tu me fatigues. Ta fille sera toujours ta fille, quoi qu'il arrive.

— Tu dis ça pour te débarrasser, je vois bien la vérité derrière ton air de faux-jeton. Tu ne te rends pas compte que moi, le drame me tient, le débat m'écartèle.

— Tout de suite les grands mots, l'exagération. Où est le drame ? Où est le débat, à la fin ?

— Savoir si Irina m'appartient toujours.

— Sonia, je propose qu'on ajourne la question. Demain, il fera jour, tu y verras plus clair.

— Ne me parle plus au futur, s'il te plaît, le futur m'épouvante. Quand je me penche sur l'avenir…

— Évite de te pencher, très chère, tu pourrais chuter.

— C'est toi qui oses me dire ça ? Toi qui tombes du lit chaque fois que j'ai un cauchemar ?

— Le lit est moins haut que l'avenir, Sonia, et la moquette est moelleuse.

— Quel lâche tu fais, Apollon ! Tu aurais dû tomber de l'Olympe dans la minute où ta mère t'a enfanté. Je te déteste !

— Déteste-moi, mais laisse-moi dormir. Cette fois, j'éteins pour de bon et ne compte pas sur moi pour rallumer.

— Apollon, dis-moi que c'est une blague. Tu es sûr que ce mariage a eu lieu ?

— …

— J'ai besoin de vérifier tout de suite, je devrais peut-être appeler Marguerite. Non, impossible, elle n'a pas le téléphone. La preuve sûre et certaine, c'est le livret de famille. S'ils sont mariés, ils doivent l'avoir. Mais s'ils l'ont, ils l'ont emporté avec eux à Cassis. Tu sais dans quel hôtel ils sont descendus, Apollon ? Apollon, réponds-moi, ne fais pas semblant de dormir.

— …

— Il ne fait pas semblant, il dort pendant que je souffre, voilà le mariage… Apollon, tu ne dormiras pas ! Tu as oublié qu'on est là pour partager le meilleur et le pire ? Cette nuit, c'est le pire, et toi, tu t'esbignes ! Apollon ! Apollon !… Il fait le mort, il a dû prendre un somnifère, le lâche ! Je vais te le secouer… Apollon ! Apollon ! Non, pas moyen, une vraie bûche, et maintenant il ronfle, le bouquet ! Tant pis, je vais appeler les renseignements, qu'ils me donnent le téléphone de tous les hôtels de Cassis. Je veux en avoir le cœur net, s'il le faut j'y passerai le reste de la nuit mais je trouverai ma fille et son brigand de mari !… Quant à toi, mon petit vieux, tu ne perds rien pour attendre, je te revaudrai ça. Demain, au petit déjeuner, si tu as le toupet de m'annoncer que tu as dormi du sommeil du juste, je te servirai ma soupe à la grimace et des chardons sur tes tartines en guise de confiture…

17

Qu'est-ce que j'apprends ? Il n'y aura pas domicile conjugal ? Votre garçon et ma fille sont partis pour faire vie à part ? Je veux qu'on m'explique, j'exige des explications, et qu'elles soient solides. Parce qu'un couple qui se sépare, à peine rentré du voyage de noces, on n'a jamais ouï dire. J'ai les idées larges, vous savez, très larges, mais tout de même, là ça coince et je proteste. Oh ! inutile de prendre votre air de sainte qui vient d'entrer dans l'arène et se retrouve face aux lions, je commence à vous connaître et je vous le dis tout net : je ne marche pas. C'est vous qui retenez votre fils, c'est vous qui avez manigancé pour le garder, ne dites pas le contraire. Vous l'avez empêché de partir voler des voitures à Paris, là, rien à redire, c'était votre affaire. Mais maintenant vous lui montez le bourrichon pour qu'il reste avec vous malgré le mariage et, cette fois, je ne suis pas d'accord. Si vous voulez mon avis, vous êtes une mère abusive, Marguerite, cet arrangement-là est contre nature. Pourquoi ne pas laisser les choses aller leur train naturellement comme elles vont aujourd'hui pour la plupart des jeunes ? Ils vivent ensemble quelques mois, une année peut-être, ils se lassent l'un de l'autre, ils s'aperçoivent qu'ils ont fait fausse route, alors c'est le divorce et vous récupérez votre petit chéri. Dans ce cas, pas de blâme, tout le monde tire son épingle du jeu sans dommage. Mais vous, non, possessive comme vous êtes, vous ne lui laissez même pas une chance à votre garçon, vous l'étranglez avec ce maudit cordon qui n'a jamais été coupé.

Et puis, vous manquez de logique. Depuis que je vous connais, vous me rebattez les oreilles avec votre désir d'être grand-mère mais vous vous débrouillez pour rendre la chose impossible, qu'est-ce que ça signifie ? Vous ne répondez pas, très bien. Votre Maxime continue à dormir chez vous, dans son lit de jeune homme. Il couche avec ma fille chaque fois qu'il lui tombe un œil. Vous trouvez que c'est la bonne méthode pour qu'il vous fasse des petits ? Vous pleurez maintenant ? Pleurez, moi j'ignore. Vous êtes là, à essayer de m'attendrir avec vos larmes de crocodile mais c'est peine perdue, croyez-moi.

Tenez, puisque vous vous entêtez à rester bouche cousue, je vais vous raconter une histoire, il paraît que vous les aimez. Mon premier mari était fils unique, il vivait avec ses parents dans une grande maison près d'Aix-en-Provence. Quand je l'ai épousé, j'étais encore jeunette, je ne me méfiais pas, je ne voyais pas le danger, j'ai accepté d'aller vivre avec eux. Ma belle-mère m'aimait beaucoup, elle me couvrait de cadeaux, elle me choyait, je ne peux pas nier. Le hic, c'est qu'elle était toujours là, entre son fils et moi. Chaque matin, elle frappait à la porte de notre chambre et elle entrait avec le plateau du petit déjeuner. Elle le posait sur les genoux de mon mari, elle s'asseyait sur le bord du lit, elle lui beurrait ses tartines et lui faisait le récit de ses petites misères. Cette habitude de toujours, elle ne pouvait pas l'abandonner et moi je devais supporter cette femme en robe de chambre, la tête hérissée de bigoudis, qui venait tous les jours se percher au bord de notre lit. J'ai subi ça pendant plusieurs années mais un matin, pendant qu'elle lui préparait ses tartines, pendant qu'il dégustait son café, je me suis levée sans rien dire, j'ai attrapé une statuette en bronze qui était là, sur une console, et je me suis mise à tout fracasser dans la chambre. Je frappais comme une forcenée, je frappais les miroirs, les vases, les bibelots, les meubles. Au bout d'un quart d'heure, à part le lit d'où la mère et le fils me regardaient faire, médusés, épouvantés, j'avais tout détruit : la chambre ressemblait à un champ de ruines. Alors, je me suis dirigée vers la salle de bains pour faire ma toilette, puis je suis passée dans le dressing, je me suis habillée et j'ai quitté la maison sans dire un mot. J'étais bien décidée à ne pas donner de mes nouvelles, je m'étais juré que jamais je ne reviendrais dans cette maison. Mais, comme il fallait s'y attendre, mon mari s'est aussitôt lancé à ma recherche. Quelques jours après cette grande scène de saccage, il m'a retrouvée chez une amie à Aubagne. Et savez-vous ce qu'il a fait ? Il s'est jeté à mes genoux, il m'a suppliée de lui pardonner et de reprendre la vie commune. Je n'étais pas contre mais je lui ai dicté mes conditions : il n'était plus question qu'on habite sous le même toit que ses parents. Un peu plus tard, alors que nous venions de nous installer à Marseille, il m'a avoué que, dans la chambre dévastée, juste après mon départ, sa mère s'était mise à rire comme une démente et qu'il l'avait giflée pour qu'elle cesse. Sur le coup, il avait pensé qu'il s'agissait d'une crise nerveuse. Mais plus tard, à force d'y réfléchir, il s'était rendu compte que le mal était plus profond et que malgré ses mines et les bonnes manières qu'elle me faisait, sa mère n'avait jamais accepté de le partager avec moi. Ses yeux se sont enfin dessillés et il a fait son choix : il a quitté la maison paternelle pour venir me rejoindre.

Alors, qu'est-ce que vous dites de mon roman ? Vous ne bronchez pas, vous le trouvez peut-être moins bien ficelé que ceux des Dumas, père et fils, il manque de ces péripéties et rebondissements que vous appréciez tellement, c'est sûr. Mais je vous ai dit l'histoire telle que je l'ai vécue et, si elle vous déplaît, je pense que c'est surtout parce que vous vous reconnaissez dans le portrait que je viens de brosser de cette dame, mon ex-belle-mère... Ah ! vous vous décidez enfin à ouvrir le bec, vous prétendez que vous ne retenez pas votre fils, qu'il reste là de son plein gré. À d'autres, vous ne me ferez pas croire qu'un garçon tout juste marié et normalement constitué décide de vivre avec sa maman plutôt qu'avec son épouse. C'est peut-être à cause de la promesse qu'il a faite à son père sur son lit de mort, dites-vous. Quelle promesse ? Il lui a juré de veiller sur vous et les petites, de ne jamais vous quitter... Pauvre garçon, ligoté par un serment, maintenant. Vous avez de l'imagination, Marguerite, vous inventez n'importe quoi pour vous tirer du mauvais pas. Mais même en admettant que ce soit le cas, même si Maxime est vraiment lié par une promesse faite à son père moribond, qu'est-ce qui vous empêche de le libérer, cela dépend seulement de vous aujourd'hui. Je ne sais pas de quoi je parle ? Je ne connais pas votre fils ? C'est évident mais je ne demande qu'à être éclairée, je vous écoute. Maxime avait pour son père une grande vénération, pour rien au monde il ne trahirait sa parole. Pincez-moi s'il vous plaît, je dois faire un mauvais rêve. Est-ce que vous vous rendez compte que vous venez de proférer une énormité ? Et son engagement envers Irina, il ne compte pas ? Pourquoi lui demander de l'épouser s'il se savait pieds et poings liés à sa famille ? Vous n'en savez rien, une toquade peut-être, il a dû faire sa proposition dans un moment d'égarement, c'est ce que vous supposez. Quelle pitié, heureusement que ma fille qui vous aime tant n'est pas là pour vous entendre, elle perdrait toutes ses illusions. Ce mariage est une supercherie, un tour de passe-passe et, moi, je ne supporte pas que mon enfant soit le dindon d'une farce pareille. Même si je dois lui briser le cœur, je m'en vais de ce pas lui rapporter les propos que vous m'avez tenus. Je vous salue madame Sastre, ne me raccompagnez pas, je connais le chemin !

18

— Alors, comme ça tu es d'accord pour que ton mari continue à vivre chez sa mère…

— C'est la meilleure solution, mamouchka. Maxime est le soutien de sa famille et sa mère se fait vieille. Et puis, elle est malade, elle souffre du diabète, il doit lui faire chaque jour sa piqûre d'insuline.

— Ah ? Parce qu'en plus, il est infirmier ? J'ignorais.

— Il n'est pas infirmier mais il la pique depuis des années.

— Pour sûr. Piquer, de toutes les façons possibles, est devenu sa spécialité.

— Maman, je t'en prie, n'oublie pas que Maxime est maintenant mon mari.

— Un homme qui t'épouse mais que sa maman garde en usufruit, tu appelles ça un mari ?

— Madame Sastre n'y est pour rien, maman. C'est notre décision. Nous en avons beaucoup discuté, Maxime et moi : la vie conjugale nous terrifie autant l'un que l'autre. Le quotidien tue l'amour, je le sais d'expérience. Trier les chaussettes sales et le linge de corps d'un homme, l'entendre ronfler la nuit…

— Là, je suis obligée de reconnaître que tu n'as pas tort.

— Merci de ta compréhension, mamouchka.

— Ne chante pas victoire trop vite, ma fille. Ma compréhension a des limites. Par exemple, je n'admets pas les arguments que ta belle-mère m'a servis pour justifier que son fils continue à vivre avec elle.

— Tu es donc allée la voir… Je t'avais pourtant demandé de ne pas t'en mêler.

— À l'impossible nul n'est tenu, Irina. Si tu savais ce que j'ai entendu là-bas…

— Mais, dis-moi, dis-moi, à la fin ! Pourquoi faire tant de mystères ?

— Ça risque de ne pas te plaire, je t'avertis…

— Je veux savoir. Je t'en prie.

— Bon, puisque tu insistes, voilà : d'après Marguerite, Maxime t'aurait proposé de l'épouser sur une impulsion, sans réfléchir aux conséquences.

— C'est faux ! Marguerite n'a pu te dire une chose pareille !

— Est-ce que tu m'accuses de te mentir, à présent ?

— N… Non… Mais si elle pense cela, elle se trompe. Maxime m'aime, j'en suis certaine. C'est d'un commun accord que nous avons décidé de ne pas habiter sous le même toit. Nous préférons nous épargner tous les écueils de la vie en commun et ne vivre ensemble que les bons moments.

— Incroyable ! Enfin, il vaut mieux entendre ça que d'être sourde… Tu sais, ma fille, tu ne t'es pas mariée, tu es tombée dans un guet-apens. Remarque, tu me diras, tout mariage est un guet-apens. Mais pour le dommage et le préjudice, avec le tien tu peux réclamer la palme, tu l'obtiendras haut la main. Tu me désoles, Irina, tu me désespères. Ce n'est pas nouveau d'ailleurs, tu as toujours eu le don de te fourrer dans des situations invraisemblables. Tu aurais dû monter sur les planches et jouer des farces, au moins on t'aurait applaudie et couverte de fleurs. Tu as voulu t'engager dans la troupe Sastre, libre à toi, mais ne compte pas jouer la comédie, c'est une tragédie qui se prépare.

— Maman, tu exagères…

— Quoi ? C'est moi qui exagère ? Tu veux que je te rafraîchisse la mémoire, tu veux que je te fasse un petit résumé de l'histoire ?

— Maman, laisse-moi t'expliquer…

— Les explications, moi d'abord si tu permets et même sans ta permission, je suis ta mère, ne l'oublie pas. Donc, un vaurien te tâte la poche un samedi soir sur la Canebière. Comme elle est vide et qu'il n'a pas de vergogne, il t'invite à boire un verre et toi, insensée, tu n'y vois pas inconvénient, tu le suis. Au bout d'une demi-heure, il te demande ta main et toi, folle, tu…

— Maman…

— Ce n'est pas vrai ? Ce n'est pas EXACTEMENT ainsi que les choses se sont passées ?

— Oui, maman, mais…

— Tais-toi, je n'ai pas fini. Le lendemain, tu arrives chez nous les yeux extasiés et tu nous informes que tu vas te laisser passer la corde au cou pour la quatrième fois. Et par qui ? Un pickpocket ! Si je n'ai pas eu une attaque ce soir-là, je le dois au blindage de mon cœur.

— Maman, laisse-moi parler…

— Plus tard, plus tard… Après l'annonce des fiançailles, tu me roules dans la farine tant et tellement que j'accepte l'inacceptable. Je deviens même ton cheval de Troie…

— Mon cheval de Troie ?

— Parfaitement. Je vais chez les Sastre avec l'idée de t'ouvrir leur maison, grâce à la ruse et à la séduction j'arrive la première dans la place et je te facilite les choses.

— Tu arranges les faits, maman, tu refais l'histoire à ta convenance. Tu as peut-être montré de la ruse lors de ta première visite, mais pour la séduction…

— Quoi ? Tu insinues que je suis incapable de séduire ?

— Pas du tout. Mais ce jour-là, à ce que j'ai entendu dire, tu as plutôt utilisé la manière forte.

— Je voulais voir la mère du garçon pour me rendre compte. Et je me suis rendu compte…

— Maman, arrête, je t'en prie.

— Pourquoi ? Tu ne veux pas entendre tout le bien que je pense de la famille Sastre ? Tu préfères que je ravale mes quatre vérités et qu'elles m'étouffent ? Tu veux me tuer ? Alors, prends de quoi noter, l'épitaphe je l'ai en tête, je te la dicte, ça ne sera pas long. Oui, le dos de cette enveloppe fera l'affaire. Écris : « Ci-gît la malheureuse mère d'une écervelée qui fréquentait les instituts de beauté et ne savait pas dire non. » Ça y est ?… Attends, tout compte fait, enlève « malheureuse », c'est superflu, les gens comprendront. C'est fait ? Très bien. Je te conseille de garder l'enveloppe sur ton joli petit bureau pour le moment où il faudra graver cette phrase sur le marbre de ma tombe. Comme tu me traites et avec le souci que tu me causes, ça ne saurait tarder…

19

Faudrait que je dise à Irina qu'elle arrête de parler de mes mains, qu'elle les laisse tranquilles et qu'elle passe à autre chose. Elle dit qu'elles savent donner le plaisir, la jouissance, que j'ai des mains magiques, fantastiques, douées pour l'amour. Elle se doute pas comme ses compliments m'embarrassent, comme j'ai envie de décamper chaque fois qu'elle commence à dégoiser sur le sujet. Des fois, on est à table et Irina s'arrête de manger, elle se met à fixer mes mains, elle les couve des yeux et elle dit ces choses qui me gênent tellement. Tellement que je les retire doucement, je les fais disparaître, je les pose sur mes genoux. Alors Irina reprend sa fourchette et se remet à s'occuper de son assiette mais moi, comme j'ai escamoté mes mains, je peux plus manger, je suis obligé de faire ceinture. Au lit, c'est encore pire parce que là j'ai pas moyen de les cacher. Irina les tripote, elle les embrasse, elle les prend et les amène sur son corps, aux endroits où elle attend la caresse.

Faudra que je lui dise qu'entre mes mains et moi, c'est une longue histoire, j'en ai jamais parlé à personne, même pas à Marguerite. Cette histoire a commencé il y a presque quinze ans, à la naissance des jumelles. Le père était encore avec nous à l'époque. C'était un homme de silence mais les mots qui sortaient de sa bouche de taiseux étaient comme des galets blancs qu'il posait devant moi pour m'indiquer le chemin. Et je savais que c'était le seul chemin à suivre : le bon. Bref, les bébés venaient de naître, on les gardait encore à la maternité avec Marguerite, la voisine s'occupait du ménage et de notre tambouille, on avait pas à se plaindre, surtout moi. Parce que j'aimais bien me retrouver avec le père, entre hommes, quand il rentrait du port. J'attendais avec impatience ces soirées qu'on passait ensemble, il m'intimidait un peu mais je l'avais tout à moi. Un soir, après le souper, il me dit comme ça : « Fils, si tu veux, je t'emmène au cirque. » Bien sûr que je voulais, le cirque je connaissais pas, et lui non plus, je crois.

Il avait pris des places au premier rang, tout près de la piste parce que, dès qu'il s'agissait de faire un cadeau, il mégotait pas, le père. Quand la séance a commencé, j'étais assis à côté de lui et le roi n'était pas mon cousin. De tous mes yeux, je regardais les clowns, les trapézistes, le dompteur de fauves en habit rouge et j'applaudissais à me brûler les mains à la fin de chaque numéro. Et puis l'illusionniste est arrivé avec son chapeau, ses baguettes, ses foulards de toutes les couleurs et là, je sais pas pourquoi, peut-être pour voir s'il appréciait le spectacle autant que moi, je me suis tourné vers le père et je l'ai pas reconnu. Il avait rajeuni de trente ans, c'était un minot, il semblait mon petit frère avec toute cette merveille de lumière qui remplissait ses yeux. C'est à ce moment que l'idée de ma vocation m'est venue, elle m'est arrivée dessus comme une étoile filante qui tombait du regard de mon père. Je voulais faire de la magie avec mes mains comme le type, là, sur la piste, je voulais rendre aux gens leur enfance, leur innocence, toute cette belle lumière perdue, je pouvais pas imaginer plus beau métier pour moi.

Je savais pas trop si je devais en parler au père, c'était tellement frais cette décision, mais quand même, au moment où on attaquait la montée des Accoules, j'ai osé, je lui ai annoncé mon intention de faire carrière dans le cirque, comme illusionniste. Il a eu son fin sourire et il a dit : « Pourquoi pas ? » Seulement ces deux mots, deux cailloux blancs posés devant moi où je pouvais me tenir en équilibre, deux cailloux qui montraient la direction du cirque.

Il me restait à faire un pas en avant et je l'ai fait : le lendemain, je me suis pointé dans le bureau de la conseillère du collège, histoire qu'elle me donne des tuyaux sur les écoles de cirque et qu'elle me conseille puisque c'était son boulot. Elle aussi, elle a répondu : « Pourquoi pas ? » Après, elle m'a sorti une liste avec les adresses et tout, et elle a ajouté que je devais passer d'abord mon brevet.

Pour le brevet, j'étais d'accord, je l'ai passé et je l'ai eu facile. Manquait plus qu'à m'occuper de l'inscription et s'agissait pas de lambiner : j'ai rempli le dossier, j'ai envoyé les photos, tout ce qu'il fallait. Je me sentais d'attaque pour mettre mes mains au service du bonheur des gens. Seulement, voilà, le destin s'est mis en travers, dans l'été, pendant les vacances, le père nous a quittés : crise cardiaque. En un rien de temps, Marguerite s'est retrouvée veuve avec trois orphelins. D'abord, ça a été le gros chagrin, parce que mon père, je l'aimais. Et puis, j'ai eu les boules : plus question de penser à une carrière dans le cirque, fallait dire adieu à l'illusion et au bonheur, et même à l'illusion du bonheur. D'un coup, j'étais devenu le chef de famille, je devais assurer. Je savais que j'avais des mains virtuoses, un don de naissance, alors je me suis dit qui peut le plus peut le moins, et sans apprentissage, sans rien, je me suis lancé dans la fauche. Ça a marché, ça marche, je me suis jamais fait prendre en flagrant délit comme ils disent.

Faudra que je lui avoue : des fois, je me déteste d'avoir trahi mes mains. Je suis comme un type qui aurait rêvé d'être un as de la chirurgie et qui se retrouverait aide-soignant dans un hôpital à vider les bassins et à torcher les malades. Ou comme un qui se voyait déjà peintre avec ses machins exposés dans les galeries de toutes les capitales du monde et qui passerait ses journées à rafraîchir les murs des achélèmes à coups de pinceau trempé dans l'acrylique ou la glycéro.

Faudrait lui dire que mes ambitions mises à l'estouffade m'empêchent de dormir, que j'ai même des cauchemars. Des nuits, je rêve que mes mains grandissent, grandissent, deviennent des patasses énormes, si énormes que je peux plus bouger ni sortir de la chambre. D'autres fois, elles rapetissent, elles disparaissent presque et, au bout de mes bras, j'ai plus que des coussinets avec des ongles, comme les chiens.

Faudra lui dire aussi mon soulagement quand je me réveille et que je vérifie qu'elles sont toujours là, mes mains, pareilles que la veille. Ces matins, après les cauchemars, je décide de pas tirer de la journée, j'enfonce mes pognes dans les poches de mon blouson avec interdiction de les sortir. Je me dis, même si tu vois là, devant toi sur le trottoir, un million de biftons bien empaquetés, tu passes ton chemin, tu le ramasses pas. Et je m'en vais comme ça, je marche dans la ville pendant des heures, je marche tant que j'arrive à oublier la honte de mes mains et aussi que je les ai trahies.

Faudrait trouver le courage de lui dire tout ça, puisqu'elle est ma femme. Mais je l'ai pas.

20

Quand j'ouvre la porte, il est là, sur le palier, dans l'ombre, car la minuterie de l'escalier est en panne. Il s'avance dans le rectangle de lumière que découpe ma porte, un gros sac marin jeté sur l'épaule et un autre sac, plus petit, qu'il tient à bout de bras. Il reste silencieux, il ressemble à un petit garçon qu'on a envoyé au piquet. Je l'embrasse, à cause des sacs je ne peux pas le prendre dans mes bras pour le consoler, le consoler de quoi, je ne sais pas encore. Puis, je m'efface, je l'invite à entrer, il est tout de même mon mari, on ne laisse pas son mari sur un paillasson.

Nous n'avons pas encore prononcé un mot. Il pose ses sacs dans le couloir et, du menton, me les montre :

— J'ai apporté mes affaires, toutes mes fringues. Marguerite pense que je dois vivre ici, avec toi.

Nous y sommes : l'intervention de ma mère auprès de la sienne n'a pas tardé à produire l'effet qu'elle escomptait. J'essaie de garder mon calme, j'invite Maxime à passer dans le salon, je lui propose un verre. Nous buvons en silence. Il regarde autour de lui comme si les lieux lui étaient inconnus et qu'il les découvrait pour la première fois. Il faut que je me lance, que je l'aide.

Je lui dis qu'il a l'air d'un enfant puni. Habiter ici, le veut-il vraiment, lui ?

Il ne répond pas.

Je lui dis que Marguerite ne l'a pas jeté dehors, qu'elle a seulement cédé aux pressions de Sonia.

Je lui dis, ne nous mêlons pas des querelles de nos mères, ne les laissons pas diriger notre vie.

Je lui dis que nous avions pris ensemble une autre décision, que nous voulions, justement, inventer pour nous une autre vie.

Je lui dis que l'amour est fragile, un équilibriste qui se tient sur un fil de verre. Et qu'il faut éviter de charger ses épaules des tracas de l'existence, il risquerait de tomber, de se fracasser.

Je lui dis qu'il n'existe pas de mode d'emploi connu, ni de recette qui assure la réussite du mariage. Et qu'il faut être vigilant à chaque instant, inventer chaque minute que nous vivons ensemble.

Je lui dis que je n'ai jamais rien su faire de mes dix doigts et combien je le regrette. Mais j'ajoute qu'avec lui je me sens capable de réaliser un chef-d'œuvre de beauté. Lui qui a des mains de velours, il me regarde alors comme s'il ne comprenait pas. Je lui dis que je sens entre nous une chose que je ne sais pas nommer et qui nous sépare. Mais c'est peut-être mieux ainsi. Peut-être que l'amour a ses chances de durer si on ne s'approche pas trop, si on ne comprend pas tout de l'autre. Par moments, il me semble que je parle un charabia qui ne parvient pas à faire sens dans sa tête. Alors, dans un sourire, il me rappelle : je suis ton mari. Bien sûr, bien sûr, je le rassure, mais avant tout et surtout, tu es mon invité.

Je dis, sais-tu, il y a des mots que je déteste, par exemple « mari ». C'est difficile à expliquer. Si « mari » avait une autre signification, peut-être que je l'aimerais. Ce pourrait être une espèce d'oiseau minuscule qui vole très vite et très haut dans des ciels toujours bleus. Ou encore un instrument de musique dont on tirerait des sonorités étranges, des rythmes pour faire danser les anges. C'est peut-être le cas dans une langue inconnue à Marseille mais que des gens parlent ailleurs, loin d'ici. Je lui dis que j'inventerai un autre mot, rien que pour lui, un mot qui dira ce qu'il est pour moi. Je lui dis qu'aimer, c'est inventer. Je lui dis qu'à partir de maintenant, je l'appellerai mon « ravisseur » et combien j'espère qu'il me ravira toujours.

Je lui dis que ce soir-là, quand il pleuvait sur la Canebière, quand j'étais en arrêt au bord du trottoir et qu'il m'a touchée pour la première fois, j'ai connu un instant de pur bonheur, un instant magique. Je lui dis que je voudrais encore de ces instants-là, que nous en aurons, bien sûr.

Je lui dis, viens mon amour, cette nuit je t'invite dans mon lit. Et demain, nous n'irons pas travailler, ni toi ni moi. Demain, la ville sera belle dans son bleu, on marchera sous son soleil, rien que toi et moi. La Canebière n'est pas assez longue, elle est trop courte pour y promener notre amour. Alors, on la remontera et on la descendra dix fois, cent fois, autant de fois qu'il nous plaira. Tu mettras tes mains dans tes poches comme tu aimes quand tu marches vite, quand tu marches seul. Mais tu ne seras pas seul. Je serai là, j'avancerai à ton rythme, à ton pas et, si tu veux bien, je prendrai ton bras, je glisserai ma main dans ta poche, elle rejoindra la tienne et elles resteront là enlacées, pelotonnées au fond de la doublure de ton blouson.

21

Tous les jours, quand on rentre du collège, la table de la salle à manger est libre. Maman débarrasse, elle fait place nette avant notre retour pour qu'on fasse nos devoirs, là, tranquillettes. Mais l'autre soir, c'était pas pareil que d'habitude. La table, elle était encombrée d'un grand déballage de fringues, j'ai tout de suite reconnu les affaires de Maxime. Maman était en train de les plier et de les mettre en piles. D'un côté les slips, les chaussettes, de l'autre, les jeans, les chemises, les tichertes. Il y avait même des baskets et une paire de boots sur la toile cirée. Maman pleurait. De temps en temps elle sortait un mouchoir de sa manche et elle s'essuyait les yeux. Julie et moi, on est restées sciées, on comprenait pas ce qui se passait. Moi, je voulais savoir, alors j'ai demandé : « Il part en voyage, Maxime ? » et elle a répondu que non, qu'il allait seulement habiter avec Irina. Après, elle a sorti deux sacs du placard et elle s'est mise à fourrer tout le barda de notre frère dedans.

Quand Maxime est arrivé un peu plus tard, les deux sacs étaient prêts, appuyés contre le buffet mais il les a pas remarqués tout de suite. Quand même, il a bien vu que maman avait pleuré et il lui a demandé pourquoi. Elle a dit d'une toute petite voix : « Mon fils, ta place est là-bas, près de ta femme, tu dois aller vivre avec elle. »

Nous, on connaissait déjà la nouvelle mais Maxime il l'a prise en pleine poire, il est devenu tout blanc, il s'est assis, il avait besoin de se remettre. Maman a recommencé à pleurer, à se moucher. La tête du frère, je dis pas, c'était comme si le Kilimandjaro venait de lui tomber dessus, il faisait peine. Il disait rien, personne disait rien. Au bout d'un moment, il s'est levé, il nous a embrassées l'une après l'autre, il a pris ses sacs et il est parti dans la nuit.

Après le départ de Maxime, maman nous a poussées vers la chambre, et elle a dit que maintenant on aurait chacune son lit, que ce serait mieux pour nous, plus confortable et qu'on devait être contentes, non ? Mais Julie et moi, on avait pas l'air de filles contentes, tout le contraire. On pouvait pas avancer, on arrivait pas à entrer dans cette chambre où le frère avait dormi près de nous pendant toutes ces années.

Ce soir où Maxime est parti, on a même pas pu manger, ça passait pas. Quand même, il fallait bien aller dormir mais c'était aussi difficile que d'avaler quelque chose. Maman, elle a dû nous accompagner, nous forcer un peu. Elle disait que Julie continuerait à dormir dans le lit qu'on partageait jusque-là, moi, je devais prendre celui de mon frère. Julie voulait pas se mettre en pyjama, elle pleurnichait, maman a dû la cajoler longtemps, elle essayait de la consoler, bref on a pas mal traîné avant de se coucher. Et puis, la lumière s'est éteinte, la porte s'est refermée. J'étais allongée dans le lit de Maxime, j'entendais ma sœur qui reniflait sous son drap. Quand même que j'aurais plus à supporter sa bougeotte et ses coups de pied, je trouvais qu'elle était trop loin : elle me manquait.

Maintenant, Maxime passe le matin : il vient nous bisouiller et faire sa piqûre à maman. Des fois, Irina l'accompagne : elle boit un café pendant qu'on avale en vitesse notre chocolat. On dirait qu'elle est gênée, pas très à l'aise, pas très heureuse, et Maxime tout pareil. Je parle pas de maman, elle a toujours les yeux rouges et un mouchoir sous la main pour se les tamponner. Comme quoi, le mariage c'est pas vraiment ce qu'on raconte. Le plus beau jour de la vie, soi-disant. Rien que des blagues. Maxime et Irina, ils avaient inventé un système idéal mais on les a pas laissés faire leur expérience comme ils voulaient. Pour sûr que madame Sonia a mis son grain de sel là-dedans. C'est le genre de bonne femme qui note tous ses rendez-vous de la semaine dans son agenda, le coiffeur, le kiné, la couturière, le bridge avec ses copines. Si elle a un creux, le mardi par exemple, elle écrit à 14 h 30 : aller faire un esclandre chez Marguerite, et elle rapplique à la maison. Nous, on mange à la cantine, alors on la voit jamais, encore heureux. Mais quand on rentre du collège, rien qu'à la figure de maman, on sait qu'elle est venue ici faire son pétard, la mère d'Irina. C'est à cause d'elle que Maxime a quitté la maison, sûr et certain, c'est à cause d'elle que, depuis, on fait tous des gueules d'enterrement.

Julie et moi, on pense que ça peut plus continuer comme ça. Le soir, quand on se met au lit, on se parle dans le noir, on cherche une solution. À force de cogiter là-dessus, l'eurêka m'a éclaté dans la tête et hier matin j'ai raconté un petit bobard à Irina. Je lui ai dit que je voulais remercier monsieur Apollon pour toutes ses gentillesses, que j'avais envie de lui envoyer un mot, et elle m'a donné l'adresse du Prado.

Le soir, à la table des devoirs, j'ai écrit ma bafouille sur une feuille arrachée à mon cahier de textes et je l'ai passée à ma sœur parce que je voulais qu'elle mette sa signature à côté de la mienne. Le billet, je l'ai posté vite fait bien fait mais, comme il était court, je me souviens très bien de ce que j'avais marqué :

Cher monsieur Apollon

Maman pleure tous les jours depuis qu'elle a renvoyé Maxime de la maison. Et nous, même qu'on a chacune son lit personnel maintenant, on est très malheureuses aussi de la voir avec ses yeux rouges.

S'il vous plaît, venez à notre secours de toute urgence.

On vous embrasse

Ma sœur a lu sans rien dire, elle a signé et elle m'a rendu la feuille. À côté de *Julie*, j'ai signé *Sophie,* et en bas j'ai marqué notre adresse.

Maintenant, on attend la réponse.

22

Depuis des jours et des jours, ça me turlupinait, je flippais à mort, tromper les petites je pouvais plus supporter, fallait que je leur dise la vérité : votre frère est un voleur. C'était pas la phrase facile à sortir, je savais pas trop comment m'arranger avec ces mots-là, de quelle façon les dire. Et quelle figure elles feraient, mes sœurs, quand j'aurais réussi à les dire ? Pour sûr, j'allais les décevoir, je tomberais de mon socle, elles auraient honte de moi. Mais je pouvais plus reculer, ça me pesait trop.

Fallait aussi trouver l'occasion, impossible de leur parler devant Marguerite, elle m'aurait empêché. Ma chance, c'est que l'autre après-midi on était vendredi, ce jour-là elle va toujours à l'église se confesser avec la voisine, je me suis pensé que les filles devaient être seules à la maison.

Je m'étais pas trompé, je les ai trouvées assises à la table de la salle à manger, l'une à côté de l'autre, penchées sur l'album de famille, et j'ai lancé :

— Alors, les filles, enfin de viquinde ?

Elles ont levé la tête, juste un petit sourire, et elles ont replongé dans les photos. Ces photos, Marguerite les colle dans l'album depuis des années, bien soigneusement, dans l'ordre. L'album est tout démantibulé parce que les jumelles le sortent dès qu'elles ont un moment de libre, elles se lassent pas de regarder les photos, surtout celles qui datent de l'année de leur naissance : trois photos prises par un photographe professionnel, je me rappelle, un de ces types qui se baladent avec leur truc en bandoulière et qui racolent les passants. Sophie et Julie avaient à peine quelques mois à l'époque, et moi une quinzaine d'années. C'était un dimanche, toute la famille venait de traverser le port sur le ferry et on promenait sur le quai de Rive-Neuve quand le photographe nous a proposé ses services. Marguerite était d'accord, chez nous, on n'avait pas d'appareil, personne photographiait personne, elle devait trouver que c'était le moment de se faire des souvenirs et elle avait pas tort vu que le cœur du père a flanché quelques semaines après. Elle a même pas eu besoin de trop insister, il a accepté de s'asseoir sur un banc avec les filles pour se faire tirer le portrait. Sur cette photo qu'elles se fatiguent jamais de regarder, il est là, immense, et les bébés ont l'air minuscules contre ce colosse qui les tient au creux de ses bras, l'une à droite, l'autre à gauche. Marguerite et moi, on est debout derrière eux. Si on a un peu traîné ses basques à Marseille, on peut reconnaître le bâtiment de la criée en arrière-plan. Sur la deuxième photo, le décor est le même, mais Marguerite a pris place à côté du père, elle est penchée vers l'une des petites comme si elle lui parlait. Moi, j'ai pas bougé, je me souviens que cette séance commençait à me gaver, d'ailleurs on ne me voit pas sur la troisième photo qui montre Marguerite derrière son mari, les mains posées sur ses épaules ; ils sourient tous les deux. Voilà les trois images qui passionnent tant les jumelles. Normal qu'elles y tiennent et qu'elles restent des heures devant l'album ouvert à la même page. Sur cette page, il y a la preuve qu'elles ont eu un père et qu'un jour il les a tenues dans ses bras.

Elles devaient avoir dans les cinq ans quand elles les ont vues pour la première fois et depuis, si je suis dans les parages, elles ratent pas une occasion de m'interroger. Toute petiote déjà, Julie pointait son doigt sur le bébé de gauche et demandait : « Qui c'est, là ? » J'avais une vingtaine d'années, j'étais pas sûr et certain parce qu'elles se ressemblaient beaucoup les jumelles, mais j'ai répondu : « C'est toi. » J'ai montré l'autre bébé et j'ai dit : « Et là, c'est Sophie. » Après, avec le temps qui passait, le petit doigt qui grossissait et s'allongeait, je devais faire gaffe à toujours donner la même réponse sinon elles auraient perdu confiance. Quand même, elles essayaient toujours de vérifier, de me piéger.

Ce vendredi, je suis venu dans leur dos, on était penchés tous les trois sur l'album. Cette fois, c'est Sophie qui a mis son doigt sur le bébé de gauche, c'est la voix de Sophie qui a demandé : « Qui c'est, là ? » Elle a eu droit à la réponse de toujours : « Là, c'est Julie, et là, c'est toi. » Que je me sois pas gourré, ça les a mises en joie, elles riaient, c'était comme un seul rire qui montait d'une seule gorge. Après, j'ai contourné la table, je me suis assis en face d'elles et j'ai dit :

— Il y a un truc qui s'est passé du temps de papa, je vous l'ai jamais raconté. Si vous voulez…

Elles m'ont pas laissé finir, elles ont crié :

— Oh ! oui… Oh ! oui…

Pareil que le rire, le cri sortait d'elles à l'unisson.

— C'était juste après votre naissance, vous étiez encore à la clinique avec Marguerite. Papa et moi, on était seuls ici. Alors, un soir, il me propose de m'emmener au cirque…

Tout ce que j'avais pas encore trouvé le courage de raconter à Irina, je l'ai sorti là, devant mes sœurs. Pendant que je parlais, elles me quittaient pas des yeux, elles m'écoutaient sérieux. À la fin de l'histoire, j'ai dit ce que j'avais à dire sur mes mains, comment elles s'étaient mises à la fauche, comment avec elles je gagnais ma vie, comment je les avais trahies. Il y a eu un grand silence, à croire qu'elles étaient devenues muettes, les jumelles. Ou peut-être, le pire, qu'elles voulaient pas causer à un voleur, qu'elles m'adresseraient plus jamais la parole. Et puis Sophie a dit :

— Y a longtemps qu'on le sait, ce que tu fais. Pour nous, ça change rien.

Alors, Julie qui sort jamais trois phrases de suite, a pris le relais :

— C'est dommage que tu sois pas devenu un artiste. Mais c'est pas trop tard. Notre copine Alice, elle a un cousin qui vendait sur les marchés. Un jour, il en a eu sa claque, il s'est reconverti, il a fait des stages et maintenant il travaille dans les bidules informatiques. Il a ton âge, je crois. Peut-être que tu devrais tenter le coup, t'inscrire dans une école de cirque.

— Oui, elle a raison ! a ajouté Sophie. Tu devrais essayer, la reconversion, c'est pas fait pour les chiens !

J'en croyais pas mes oreilles : les jumelles, avec leurs quinze ans, me donnaient le bon conseil, elles me parlaient comme des vieilles bonnes femmes pleines de sagesse et d'expérience.

Quand Marguerite est rentrée de sa petite virée au confessionnal, je me sentais léger, délivré : moi aussi je m'étais confessé.

23

— Je viens d'en apprendre de belles. Il paraît que tu as encore bousculé cette pauvre Marguerite…

— D'où tiens-tu ça ?

— Ta fille et ton gendre m'ont raconté. Je suis passé chez eux tout à l'heure.

— Chez eux ?

— Oui, enfin, chez Irina. Ils étaient là tous les deux.

— Tous les deux ?

— Que se passe-t-il, Sonia, tu deviens sourde ?

— N… Non. C'est seulement l'étonnement.

— Qu'est-ce qui t'étonne, ma bonne ?

— Que tu aies trouvé Maxime chez sa femme, pardi !

— Ce n'est pas ce que tu voulais ? D'après ce qu'on m'a expliqué, tu as employé les grands moyens pour qu'il intègre le domicile conjugal.

— J'ai dit ce que j'avais à dire à la mère du garçon, c'est tout.

— J'ignore ce que tu as pu lui dire mais elle était dans tous ses états lorsque Maxime est rentré ce soir-là. Elle lui avait préparé son bagage et lui a enjoint de rejoindre son épouse. Maxime n'a pas compris ce qui lui arrivait. Il ne s'attendait pas à être mis à la porte par sa mère.

— Tout le monde a le droit de changer d'avis, de revenir à la raison. On ne va pas en faire un plat.

— Je présume qu'en l'occurrence tu as puissamment aidé Marguerite à revenir à la raison.

— La situation était inacceptable. Je lui ai fait connaître mon point de vue, rien de plus.

— Et elle s'y est ralliée, tu peux te réjouir de l'efficacité de ton intervention. Mais peut-être aurais-tu obtenu le même résultat en utilisant la manière douce.

— Apollon, je te répète que je n'ai pas brutalisé Marguerite. J'ai mon franc-parler, c'est vrai, je dis les choses comme je les pense, c'est dans ma nature.

— Personne n'en doute, ma chère, nous te connaissons. Je dois néanmoins t'informer que j'avais ce matin au courrier un billet des jumelles Sastre. C'est d'ailleurs ce message qui a motivé ma visite à Irina et Maxime.

— Ah ? Et que t'écrivent ces petites ?

— En gros, qu'ils sont tous malheureux depuis le départ de Maxime. Elles m'appellent au secours, elles espèrent que je vais intervenir.

— Et que compte faire Zorro pour défendre la veuve et les orphelines ?

— Je t'en prie, Sonia, le persiflage n'est pas de mise, tu devrais changer de ton. Je souhaiterais que nous réfléchissions ensemble, si tu veux bien. Es-tu prête à répondre à une question ?

— Je t'écoute.

— Peux-tu me dire de combien de pièces nous disposons dans cette maison ?

— Une quinzaine je crois. Mais tu passes du coq à l'âne…

— Attends, tu vas comprendre. Sur ces quinze pièces, il y a huit chambres dont deux seulement sont occupées, la tienne et la mienne. Les autres restent vacantes la plupart du temps. Tu es d'accord ?

— Oui. Mais je ne vois toujours pas où tu veux en venir. Explique-toi s'il te plaît.

— Un peu de patience, j'y arrive : tu sais que Marguerite est diabétique et que Maxime se chargeait jusqu'ici de lui faire chaque jour sa piqûre d'insuline.

— Irina m'a dit cela, en effet… Écoute, Apollon, tu commences à m'agacer avec tous tes détours. Si tu suggères que nous payions une infirmière pour s'occuper de Marguerite, je n'y vois pas d'inconvénient.

— Il ne s'agit pas de payer une infirmière, Sonia.

— Alors quoi ? Cesse de tourner autour du pot et dis-moi ce que tu as derrière la tête.

— D'accord. Mais promets-moi de rester calme et de ne pas pousser des hauts cris.

— C'est entendu.

— Voilà : j'ai pensé que nous pourrions proposer à Marguerite et aux enfants de venir habiter ici, avec nous. La maison est grande, aux trois quarts vide, les petites nous apporteraient un peu de gaieté.

— Tu veux dire qu'elles nous apporteraient du bruit, de la pagaille…

— Non, Sonia, je parle de bonheur, d'innocence…

— Tu deviens fou, mon pauvre ami. Il n'en est pas question !

— J'insiste, Sonia : nous devons y réfléchir ensemble. Cette décision ne peut être prise à la légère et je ne veux pas te forcer la main. Je te demande seulement de penser à ma proposition. Rien ne presse, nous en reparlerons plus tard…

24

Les grandes vacances, on les attendait, Julie et moi, on comptait les jours, on s'impatientait. Peut-être que maman allait nous envoyer chez sa sœur, à Plan-de-Campagne comme chaque année. On irait à la piscine avec nos cousines, on s'amuserait, on prendrait notre bol d'air et tout le soleil de l'été. On se plantait avec tous ces beaux projets : il a fallu déchanter quand on a compris que maman voulait pas qu'on s'éloigne, elle disait qu'elle avait besoin de nous garder près d'elle. Et tout ça à cause de madame Sonia qui s'amenait tous les jours avec son idée fixe : nous faire déménager. Pendant des heures, elle nous lâchait pas la grappe, toujours à critiquer là où on vivait, comment on vivait. Elle disait : « Quelle chaleur ici ! Comment pouvez-vous supporter de rester enfermées dans ces deux pièces minuscules et sans air ? » Maman la laissait dire sans moufter. Mais madame Sonia se décourageait jamais. Après la température et « l'exiguïté » des lieux, elle s'attaquait au bruit : les billes que le petit du dessus faisait rouler sur le sol, la radio du voisin de droite qui marchait plein tube, les criailleries des locataires de gauche. Elle soupirait, elle demandait : « C'est toujours comme ça ? » et comme maman répondait pas, elle ajoutait : « On ne peut pas dire que vos voisins soient des gens discrets. » Bref, elle nous plaignait de vivre dans de « pareilles conditions ». Nous, on l'écoutait, bien obligées, et on se marrait parce que le bruit on l'entend plus, on a l'habitude, et « l'exiguïté » on a jamais connu autre chose.

La raison de ces visites, c'est que madame Sonia voulait nous embarquer au Prado, qu'on aille vivre là-bas avec elle et monsieur Apollon. Moi et Julie on était pas contre, mais maman se méfiait, elle résistait. Presque tous les jours, madame Sonia remettait ça sur le tapis, elle nous faisait miroiter tous les avantages qu'on aurait à quitter le Panier et à aller s'installer chez elle. Elle disait à maman : « Vous n'auriez plus à déplier chaque soir ce canapé et à dormir dans la salle à manger. Vous disposeriez d'une chambre avec sa salle de bains et les petites également. Réfléchissez, Marguerite, votre vie et celle des enfants pourraient changer du tout au tout… »

À la fin du mois de juillet, Julie et moi on pouvait plus supporter la vieille Maroussian. Dès qu'elle se pointait, on filait chez Adeline, la voisine, on lui faisait notre petit rapport sur la situation. Adeline hochait la tête, elle disait que maman ne sortirait pas victorieuse de cette partie de « bras de fer », qu'elle finirait par céder. Nous, on savait pas, on attendait de voir venir.

On a vu : c'est à la mi-août que ça s'est décidé et on a dû suivre le mouvement, je veux dire abandonner notre quartier et nos habitudes pour aller vivre au Prado. On n'est pas vraiment à plaindre, faut pas croire. Depuis qu'on habite chez lui, monsieur Apollon s'occupe de nous pareil que si on était ses filles. Il s'est mis dans la tête de nous éduquer.

Il veut qu'on réussisse dans la vie et pour réussir, qu'il dit, il faut commencer par « s'exprimer correctement ». Avec lui, on doit choisir les mots et bien les arranger dans la phrase, pareil que des fleurs dans un vase. Un exemple : si je lui annonce que j'irai pas au collège aujourd'hui à cause que j'ai mal au ventre, il secoue la tête et il me reprend : « Non, Sophie, si tu ne vas pas au collège, c'est parce que tu as mal au ventre. » Tout le temps, il est à me reprendre. Comme c'est un chic type et que je veux le contenter, je répète après lui. À force, des fois, je me sens comme un perroquet, ça m'embête, et j'ai envie de l'envoyer promener, mais je me retiens. Ma sœur, elle est plus peinarde, il a pas souvent l'occasion de la corriger à cause qu'elle — *parce qu'elle* — sort une phrase seulement toutes les trois heures. Quand même, elle écoute et elle profite en même temps que moi des leçons de monsieur Apollon. Un jour, si ça continue, on parlera comme des livres.

Une qui est très contente que monsieur Apollon surveille notre langage, c'est maman. Elle aussi elle veut qu'on réussisse dans la vie, alors, normal, elle est reconnaissante au petit homme de nous prendre en main. Faut pas croire — *Il ne faudrait pas croire* —, même que j'ai l'air de me moquer un peu, c'est une affaire sérieuse et je sais que monsieur Apollon a raison. En plus, il y a l'affection, alors je m'applique un max, j'arrange mes mots du mieux que je peux dans le vase.

En plus qu'il essaie de nous apprendre le bon français, le petit homme s'intéresse au cas de Maxime. Depuis trois mois qu'on vit ici, dans la grande maison du Prado, depuis qu'on a raconté à monsieur Apollon cette histoire de cirque et comment notre frère a honte du sale rôle de ses mains, il cherche une solution. Il dit qu'il travaille dans la coulisse et qu'il nous *informera* le moment venu, dès qu'il l'aura trouvée. On sait pas — *on ne sait pas* — exactement ce qu'il manigance, des fois on se décourage à tant l'attendre, la solution, mais on lui fait confiance. Sûr que quand il s'absente des journées entières, il doit se décarcasser pour arranger les affaires de Maxime. Il dit rien mais quand je le vois rentrer avec ses petits yeux qui brillent, je devine que le travail avance. Julie et moi on lui pose jamais de questions, on lui a donné carte blanche alors il faut être patientes. Maman et madame Sonia sont pas — *ne sont pas* — au courant. Dans le secret, il y a juste Irina, ma sœur et moi.

Quand on est venues s'installer au Prado, on a apporté nos affaires, les livres, les fringues, les bibelots de maman, mais pas les meubles vu qu'ici il y avait le nécessaire et même le superflu. Bien sûr, on n'a pas oublié l'album de photos avec papa qui nous tient dans ses bras. Ces photos, c'était le principal, notre trésor, on y tient beaucoup, Julie et moi, jamais on s'en séparera. D'habitude, on aime pas trop les montrer, mais on a fait une exception pour monsieur Apollon. Il trouve que papa était très beau, qu'il avait un air de Gary Cooper. L'autre soir, maman et madame Sonia étaient parties au cinéma, alors on en a profité pour ouvrir l'album. On était là, à rêver dessus avec le petit homme quand Julie a sorti — *a prononcé* — sa troisième phrase de la journée. Elle a demandé : « Est-ce que les morts nous aiment, monsieur Apollon ? » Comme c'est pas le genre à répondre à la légère, le petit homme a laissé passer quelques secondes et il a dit : « Bien sûr, Julie. Et je pense même que votre papa est très fier de vous. » Je voulais demander pourquoi, mais même qu'on dit — *même si on dit* — que j'ai pas la langue dans ma poche, j'ai pas pu : ma langue, elle pesait des tonnes à ce moment-là, elle refusait de me rendre le service. Après, c'était trop tard.

Pourquoi il serait fier de nous, papa ? Qu'est-ce qu'il voulait dire, le petit homme ? Si c'est à cause de nos progrès, il faut qu'on tâche moyen d'écouter et de suivre les conseils de monsieur Apollon encore et encore. Il faut qu'on parle correctement, avec élégance, qu'on arrive à jardiner les mots comme lui. Si c'est parce qu'on l'a mis dans la confidence pour qu'il aide notre frère à changer d'avenir, alors, il faut qu'on mette le paquet. Y a pas, tous les trois, on va se serrer les coudes et Maxime réussira, je te le promets, papa.

25

Le larbin nous a installés à la même table que la première fois. Sûrement qu'elle lui est réservée à vie, je me pensais, pendant que le petit homme se perchait sur son rehausseur.

J'avais pas du tout idée du pourquoi de cette invitation au cercle mais je voulais pas poser la question, histoire de pas gâcher le bon moment qu'on allait passer ensemble. Quand même, la chose qui m'inquiétait, c'était que ma belle-mère rapplique encore pour faire son ramdam. Toutes les deux minutes, je me tordais le cou pour jeter mes yeux vers la porte. Le petit homme a dû le remarquer, deviner la raison et, tout de suite, il a voulu me rassurer. « Ne craignez rien, Maxime, qu'il a dit, mon épouse est partie hier pour une semaine de thalassothérapie en Bretagne. Nous allons pouvoir déguster notre loup sans risquer d'être dérangés. »

Après, il s'est mis à parler des jumelles, comme elles étaient mignonnes et affectueuses, comme elles mettaient du soleil dans sa vie depuis qu'elles habitaient avec Marguerite au Prado. La vérité, c'est que j'en revenais pas de cet arrangement, le petit homme avait dû négocier pendant des plombes avec la belle-mère avant de lui arracher le consentement. Il m'expliquait que, maintenant que ma mère et mes sœurs vivaient sous leur toit, les sautes d'humeur de madame Maroussian se faisaient plus rares, qu'elle appréciait beaucoup la compagnie de Marguerite, qu'elles passaient des heures à papoter gentiment, comme de vieilles copines.

Toutes les cinq minutes, le larbin revenait vers notre table pour verser du chablis dans nos verres, le loup au fenouil était de première, je me régalais, j'écoutais le petit homme qui continuait à parler des petites, mais je sentais bien qu'il réservait la chose importante qu'il voulait me dire. S'il tenait tant à me voir seul à seul, s'il m'avait invité, il devait avoir une autre raison.

Il a mis ses cartes sur la table au moment du dessert, quand on nous a apporté les profiteroles. Cet homme-là, il ne brusque jamais les choses, il prépare le terrain, mais quand il se décide, il tire au but comme pas un. « Vous savez, Maxime, j'ai la chance d'avoir la confiance de Sophie et Julie. Elles m'ont mis dans la confidence. » Et il a embrayé sur « le renoncement à mes ambitions premières », cette histoire de cirque, l'inquiétude de mes sœurs à mon sujet, leur volonté de m'aider. Il me parlait avec ce sourire qui plissait ses yeux de vieux comploteur et moi j'étais scié de l'entendre me déballer toute l'affaire. J'étais loin de me douter que depuis trois mois il travaillait avec les petites à trouver le moyen de me changer la vie.

J'ai eu le fin mot de l'histoire avec le cognac. Le vieux bonhomme chauffait son verre entre ses mains, il le faisait tourner, il berçait le liquide, il le respirait pour le plaisir et peut-être pour me faire marner encore un peu. Il a attendu que le cognac soit à la bonne température, il a bu sa première gorgée et, enfin, il m'a annoncé la couleur. « Je me suis renseigné, mon garçon, il y a plusieurs écoles de cirque dans la région, mais on n'y enseigne pas la prestidigitation. L'art de l'illusion se transmet comme une charge de notaire ou d'avoué. Il suffit d'acheter un numéro, les secrets d'un artiste. »

Maintenant qu'il avait lâché sa bombe, il se taisait, il attendait ma réaction. Comme je restais muet, il a pris une nouvelle lampée de cognac, il a sorti un petit bloc-notes de sa poche et il me l'a tendu par-dessus la table. Sur le papier, il y avait une demi-douzaine de noms avec des adresses. Ces gens, il les avait déjà contactés, certains atteignaient l'âge de la retraite, d'autres voulaient changer de cap mais tous étaient prêts à vendre leur numéro. Moi, je tombais des nues, jamais j'aurais imaginé un truc pareil. Alors j'ai dit au petit homme que j'étais pas d'accord avec ce système et que, de toute façon, j'avais pas d'argent. Lui, il souriait toujours, il avait prévu « mon objection », il était prêt à en discuter avec moi. D'après lui, si acheter un numéro était le seul moyen de faire une carrière d'illusionniste, je devais l'accepter. Il n'y avait rien de déshonorant à payer la transmission d'un savoir. Moi, je continuais à secouer la tête, j'ai répété que, n'importe comment, c'était impossible vu que j'avais pas les fonds pour m'embarquer dans l'aventure. Là, il est parti à rire franchement, il m'a expliqué que le problème de l'argent ne se posait pas : il paierait pour moi et je ne pouvais pas refuser son offre car il s'agirait d'un prêt, je le rembourserais plus tard. Moi, je secouais toujours la tête, je protestais, non, non, jamais, je me sentais comme un bloc de refus en face de lui. Il m'a laissé dire autant de non et de jamais que je voulais. Il s'est penché vers moi, il s'est mis à murmurer : « Je comprends, Maxime, vous avez votre fierté, mais pensez à vos sœurs, pensez à vos mains… »

Le fait, c'est que je savais plus quoi penser tellement il insistait le petit homme, il en rajoutait chaque fois une louche pour me persuader d'accepter sa proposition, de saisir cette chance. À la fin, je disais plus ni oui ni non, je disais rien, j'étais complètement sonné. Alors, il en a profité pour m'expliquer en long et en large comment je devais « procéder ». « En premier lieu », il fallait que je prenne contact avec ces gens, là, sur la liste, que j'aille les voir faire leur numéro. Quand je les aurais bien observés l'un après l'autre, je ferais mon choix, y avait pas plus simple. Et il a remis ça : « Vous n'aurez pas des années d'apprentissage, Maxime, c'est un avantage très appréciable. Doué comme vous l'êtes, quelques mois suffiront et je suis sûr que vous saurez apporter des améliorations au numéro que vous aurez choisi. »

Il avait fini son cognac, moi j'avais pas touché au mien mais c'était comme si j'étais ivre. Quand on a quitté le cercle, j'avais les idées en capilotade et les quilles qui tremblaient.

Épilogue

— Elle est vide, dit-elle.

C'était dit d'une voix atone, à peine audible, tant Marguerite était prête à défaillir d'émotions mêlées — frayeur, joie, ravissement, qui aurait pu le dire, elle-même ne le savait pas.

Mais Sonia Maroussian qui se trouvait assise à son côté ne la laissa pas défaillir et ne lui permit pas davantage d'exprimer à nouveau sa stupeur ravie, son effroi merveilleux : elle l'avait attrapée par le bras et la secouait, l'obligeait à se lever, à faire chorus avec la foule qui s'était dressée et acclamait l'artiste.

— Il a gagné ! Il a réussi ! Il est extraordinaire ! criait l'Arménienne qui, du public assemblé sous le chapiteau, se révélait la plus enragée à clamer son enthousiasme.

Cependant, bien qu'elle fût sous le charme comme tout un chacun, bien que sa voisine l'y exhortât par toutes sortes de gesticulations, de pressions et autres pinçons sur la chair de son bras, Marguerite Sastre était bien empêchée de participer à ce délire car elle ne pouvait croire ce qu'elle venait de voir.

Quand, un instant plus tôt, devant la foule subjuguée,

Maxime a invité deux diablotins vêtus de rouge — ses sœurs — à se glisser dans une malle, quand, dans un silence de cathédrale, tous souffles suspendus sur les gradins, ses mains ont entamé leur jeu ensorcelant au-dessus de la malle refermée, elle était fière et un peu effarée. Mais quand il l'a rouverte, elle était vide. Escamotés les diablotins, volatilisées les deux adolescentes. Où sont passées mes filles ? se demandait-elle tandis que, près d'elle, Sonia Maroussian trépignait de plus belle et que le magicien s'inclinait sous les vivats. Où sont Julie et Sophie ? se disait-elle en mère comblée par le triomphe de son garçon mais néanmoins inquiète du sort de ses petites. Ce tour d'illusion était trop fort, il dépassait ses capacités d'entendement, il la laissait pantelante et troublée, oscillant au bord de l'angoisse. Elle continuait à fixer la malle restée ouverte sur la piste et toujours vide, et elle doutait de ses propres yeux. Ces yeux, elle les tourna alors vers monsieur Apollon qui se tenait à sa gauche depuis le début du spectacle, des yeux qui quémandaient un apaisement, un secours, une réponse à sa question : où sont-elles ? Le petit homme ne s'était pas levé, au contraire de son épouse il n'applaudissait ni ne trépignait, mais à l'imploration muette de Marguerite, il répondit par un sourire d'une parfaite sérénité qu'elle accueillit comme un signe propitiatoire. Ce sourire, le regard fraternel et très doux de monsieur Apollon affirmaient que rien de fâcheux n'était advenu, qu'il n'y avait pas lieu de s'alarmer et qu'elle retrouverait bientôt ses filles dans les coulisses ou dans la loge du magicien.

Ils étaient en effet convenus de célébrer l'événement — la première apparition de Maxime devant un public —

après la séance, quand la foule aurait évacué le chapiteau. Ils allaient connaître l'envers du décor, rejoindre la troupe, là-bas, dans les coulisses de toile.

Sonia Maroussian vient de reprendre la position assise auprès de Marguerite, mais elle s'impatiente, elle peste à mi-voix : à son gré, le flot des spectateurs ne s'écoule pas assez vite vers la sortie.

Elle s'évente avec le programme, puis lui trouve un autre usage, se met à en frapper le genou de Marguerite pour attirer son attention et lui glisser :

— C'est la gloire pour votre garçon, la gloire ! Vous vous rendez compte ?

Marguerite hoche la tête. Elle ne se rend pas compte du tout, mais cela importe peu. Elle aura du temps de reste après cette soirée pour mettre de l'ordre dans sa tête et recenser les lauriers que Maxime vient de glaner.

— Comme ils traînent tous ces gens ! marmonne Sonia Maroussian. On croirait qu'ils le font exprès !

Ils ne le font pas exprès. Il est tard et, passé l'excitation, les enfants dorment debout, les pauvrets, il faut que leurs parents les houspillent, les tirent à la remorque ou les poussent devant eux. C'est vrai, ça n'en finit pas.

Mais ils sont seuls enfin au bord de la piste, et voilà qu'une fille déboule des coulisses, ils reconnaissent la jeune écuyère qui cabriolait si joliment tout à l'heure sur ses chevaux : elle vient vers eux, leur ouvre un passage dans l'enceinte de bois qui ceinture l'arène sablée et les invite à l'accompagner. Peu après, ils s'engouffrent à sa suite dans une trouée de toile et pénètrent enfin dans le saint des saints.

Là, parmi les accessoires qui traînent autour d'une table dressée sur des tréteaux, la troupe au complet est réunie : les trapézistes, les clowns, le dompteur, les jongleurs, tous ceux qu'ils viennent d'applaudir. Les jumelles sont là, elles aussi, entières, indemnes, intactes, constate Marguerite. Débarbouillées de leur maquillage, elles ont troqué leurs défroques de diablotins contre leur tenue habituelle, tichertes et jeans, et elles batifolent d'un groupe à l'autre. On trinque au succès de Maxime, des verres remplis d'un beau liquide rouge se lèvent vers lui avant d'être portés aux lèvres. Irina, radieuse, toute vibrante encore d'exultation, s'avance vers Marguerite une bouteille et un verre à la main :

— Maman, il faut boire à l'avenir de Maxime…

Mais toute justifiée et gracieuse qu'elle soit, Marguerite décline l'invitation de sa belle-fille. C'est plus fort qu'elle : devant la couleur de cette boisson qui lui est offerte, elle voit rouge, elle a un haut-le-cœur et, les deux mains dressées devant elle en un geste de dénégation affolée, elle dit d'un ton navré mais ferme :

— Non, ma petite Irina, pas de coquetaille pour moi, tu sais bien que je ne supporte pas.

— Mais ce n'est pas un cocktail, Marguerite, c'est du Campari. Prenez-en un peu en l'honneur de Maxime, je vous en prie.

— Alors, un petit doigt, pas plus.

Une fois servie, sous le regard attendri et légèrement amusé d'Irina, elle consent à tremper ses lèvres dans le liquide. C'est un peu amer, plutôt sucré, cela lui évoque le goût de ces apéritifs démodés dont elle avait toujours une bouteille à la maison du temps d'Albert. Quelle idée d'offrir un apéritif à des minuit passé, songe-t-elle, mais déjà Irina lui livre l'explication de cette entorse aux conventions.

— Le champagne aurait été de rigueur, mais nous avons préféré le Campari : c'est ce que Maxime m'a offert le soir de notre rencontre…

Marguerite sourit, oui, elle comprend cela, elle en est même émue. Il n'en reste pas moins que ce breuvage rameute en elle certain souvenir cuisant et qu'elle est bien résolue à ne pas en avaler une goutte de plus.

Mais voilà que là-bas, près de la table, Sonia Maroussian réclame à grands cris la présence de sa fille. La jeune femme s'excuse et s'éloigne. Marguerite la suit des yeux, elle lui paraît moins grande, moins longue ce soir, est-ce cette nouvelle robe qu'elle porte et qui la boudine un peu ? À moins que ce soit… mon Dieu serait-ce possible ? Mais oui — et le cœur de Marguerite bat plus vite —, on dirait que le ventre d'Irina s'arrondit, on dirait qu'elle est enfin en… Et Marguerite qui a vu rouge un instant plus tôt, voit soudain tout en bleu. Dans la même seconde, cette seconde si bleue, monsieur Apollon entre dans l'axe de son regard, il intercepte cette déferlante, cette vague de joie qui l'emporte, il pressent l'émoi où elle se noie si délicieusement, il devine la question. Le petit homme s'avance vers elle et quand il est assez proche pour la débarrasser de son verre, ses yeux lui disent : « Mais oui, Marguerite, mais oui… »

Achevé d'imprimer
sur Roto-Page
par l'Imprimerie Floch
à Mayenne, le 12 mai 2005.
Dépôt légal : mai 2005.
1er dépôt légal : mars 2005.
Numéro d'imprimeur : 63140.
ISBN 2-7152-2554-7 / Imprimé en France.
138168